任俠行

東南——著

目次

第一章　雲閉月夜

沙沙作響、一起一伏的白頭浪在陽江上肆意起舞，用力拍打在宏大的商船上，濺起的浪花瞬間淹沒在漆黑的夜空之中，化作若有若無的水霧。被浪濤沖刷著的商船體積雖大，卻是歪歪斜斜地倚靠在石灘旁，一半船身沖上了岸，另一半則是受著浪濤無情的敲打。

啪啦，啪啦，啪啦……

浪和船身混合而成的天籟，似歌，又似鼓。夜風伴著浪濤而來，帶著叮叮噹噹的兵刃相交之聲而去。皎潔月色投射在岸邊孤零零的商船時，澄黃的月色抹上了一片渾紅。

商船的甲板幾乎被濁紅的血液染滿，就似鋪上紅色地毯一樣。橫七豎八的二十來具屍體或是躺在甲板上，或是依靠在欄杆上，身上滿是觸目驚心的傷口，臉上仍保持著難以置信的驚恐表情。

交織錯亂的血腳印，終點指向船頭。

月光在血色地板上拖出兩道影子，影子的主人一高一矮，二人翻騰挪移，一粗一幼的兩道虹光交疊閃爍，交錯不絕。

啪啦！

一個巨浪轟在船身。

浪花如舞。

濤聲似鼓。

二人兵刃相格，矮子力大氣雄，知道對手內力不如自己，於是沉聲怒喝，運勁向著敵人壓去。他本以為對方會同樣運勁相擋，想不到高個子卻借力後躍，一個筋斗向後凌空翻去，前者差點失去重心，但他畢竟是個高手，瞬間已穩住身形，並不追擊，擺出架勢凝視對手。

矮子年約五十，滿臉橫肉，禿著頭頂。他名叫夏白，乃海沙幫幫主，一手狂刀十二式年少時挫敵無數，江湖人送外號狂刀夏白。現在雖已年長，但功夫仍未擱下，約十年前落草為寇成立海沙幫，成為陽江一帶最令人聞風色變的河賊。

聞名一時的狂刀夏白，此刻卻是喘氣連連，眼睛眨也不眨地看著眼前的對手。

高瘦如竿的身影手中長劍閃光爍爍，披散在肩的長髮被夜風吹得蓬亂四散，高個子站在船桅前迎風而立，若隱若現的目光如星星般一眨一眨。此刻的他背著月光站立，使得夏白看不清其面目，但他那怪異可怖的容貌已一早深深烙印在夏白腦海之中。

他並非夏白遇到過武功最高的人，但這個內力經驗均不如他的對手，卻讓夏白覺得……

今夜自己將會死在對方手裡。

念及此處，額上流下緩緩流下兩滴汗水，夏白焦躁地使左手抹走。他清楚地意識到，流下的這是冷汗。他不停自言自語地低聲咒罵，藉此驅散心中的不安與恐懼，略一定神，狂刀綻放奪目光芒。

沉膝半蹲，吼聲撕破浪濤；縱身一躍，身影越過長空。

那刀招蜿蜒如龍，那刀浪堆疊如峰，那刀勢從四方八面劈來，如若暴風。

高個子嘴角微牽，似是對眼前攻勢毫不在意，眉頭一揚，身子化成晃眼殘影。步法詭異，刀網之中閃躲挪移；形如鬼魅，刀浪之中水不沾衣。

如狂風中的一片葉子，如高林間穿梭的燕子。

明明野林中的猛獸只需一掌就能把它拍下，卻無論如何也碰不了飛燕分毫。對的，夏白刀招縱使如何淩厲，也劃破不了高個子的一塊衣角。

狂刀越加焦躁，他似乎忘了，焦躁的猛獸會被靈活的孤燕偶然啄傷。

刷！

鮮紅的血液潑灑夜空，月色照耀在夏白受傷的左頰，被長劍劃破的傷口濺出燙熱的鮮血。背光下依然看不清對手面目，但夏白已彷彿看到了高個子戲謔的笑容。他本就因為久攻不下越加暴躁，這道傷口更把他的忿怒推上頂點。他一陣急攻，高個子再度施展鬼魅的身法從旁掠開，夏白怒喝：「往哪裡逃！」言罷他腳踏船桅借力躍起，居高臨下朝敵人倒頭劈去。

高個子抬頭一望，半空中夏白的身影正好在月亮之中，澄黃月色下的一道威猛的黑色剪影。

「受死吧！」

喝聲穿過浪濤，遙遙傳了開去，一陣虹光如流星閃過，然後，一切歸於寧靜。

「哈哈……哈哈哈……」

夏白坐在甲板上靠著桅杆低聲的笑，但笑聲中毫無歡悅之意，只有無奈和絕望。他低頭望去，自己胸膛紅彤彤的血流不止，高個子擲來的長劍銀光被血水遮蓋，鮮血在夏白身下慢慢形成一個血窪。

他的絕招不但被對方所破，性命也將會在彈指之間消逝。

「踏……踏……踏……」

月色為高個子的剪影鑲上了金邊，他緩步向夏白走去，腳步聲在後者耳中聽來猶是響亮。夏白抬頭望著那背光的黑影，忽覺胸膛傳來極痛，那柄插在自己胸膛的長劍已被對方拔出。

高個子抖動長劍，甩掉劍上血跡，然後利用桅杆上的繩索把夏白如旗幟一樣升上去。

鮮血在桅竿拖出長長的尾巴，過不多久夏白已失血過多，那雙平日懾人的虎目半閉著，瞳孔漸漸變成灰白，身子一路上升，往日的所作所為如跑馬燈一樣在他眼前出現。

回憶片段零零碎碎映入腦海，夏白的意識越見模糊，他不自禁撫心自問：「我到底哪一步走錯了，才會得到如此下場？」

他得不到答案。

他竭力地回憶，努力地思考答案。

忽然，他的身子重重晃了一晃，然後停了下來，原來已被升上船桅頂。夏白從回憶回到現實，俯瞰著滿目瘡痍的商船，忽然想起一個時辰前，他還懷著雄心壯志，正幹著一件大事，以為他的人生將重新踏入巔峰。

虹光再度閃過，他胸膛被長劍貫穿的位置再度傳來劇痛。

夜風吹拂而來，月色漸暗，雲層是戲臺上的布幕，左右合上。

夏白的人生，閉幕。

第二章　血滿陽江

一個多時辰前，夜空中繁星點綴，月色洋洋灑灑地照射在碩大的廣陽碼頭，為停泊在碼頭的商船披上一件明亮薄衣。廣陽碼頭是陽江的匯總處，處於廣陽城的南方，乃廣陽的經濟命脈。

接近子夜的碼頭沒有工人在碼頭搬運貨物，但連綿不絕、數以百計的大小商船跟隨著浪濤起伏，完全能想像到日間的繁盛，真不愧為「海上絲路」。

碼頭盡頭有數個泊位自成一角，停靠著的盡是宏大商船，岸上四周有圍欄圍著，就似是從廣陽碼頭切割開來一樣。旁邊的大貨倉門上鐵畫銀鉤書著「趙氏」兩個大字，在把四周照得亮白如晝的火炬下看得特別清楚。

此刻，兩艘輕舟從遠方順著浪濤急駛而來，舟上各坐著十人，盡是全身黑衣，黑布蒙面。駛到近處，黑衣人矯健地躍到岸上，有默契地分批衝入貨倉之中。最後登岸那人身材矮小，露出的雙眼旁佈滿皺紋。那人將手往頭上一抹，露出本來面目，亮禿禿的頭頂，精光四射的虎目，左邊嘴唇有道顯著的疤痕，正正就是狂刀夏白。

夏白進入貨倉，但見艙內放滿裝載貨物的大木箱，他大搖大擺地走到貨倉正中，手下張立從遠處奔來，對夏白道：「老大，找到了！」

夏白對張立點了點頭，後者手一招，另外幾名黑衣人拖來兩個蓋子已被撬開的大木箱。夏白走上前去右手一探，把裡面的貨物取出，湊近鼻子嗅了嗅，嘴角斜斜往上牽動，露出不屑的表情，點頭道：「是這些了。」

張立邊點算著貨物邊道：「老大，那趙茶平日道貌岸然，裝作樂善好施，嘿，原來背地裡卻幹著五石散的生意。」他越點越是驚訝，到最後驚呼一聲，喜上眉梢地道：「老大！竟然有整整五十箱！把這票貨全賣出去，就算不幹其他買賣，也夠咱們全幫花上二三十年了！」

夏白不似手下般喜形於色，他在江湖上闖蕩多年，對四周環境時刻警覺，他環目四顧，但覺整個廣陽碼頭靜悄悄的格外寂靜，心中略感奇怪，對張立問道：「這倉庫乃趙茶命根，他不是雇了一批武師在此看守嗎？何以鬼影子也不見一個？」

張立與幾名同伴互視一眼，答道：「探路的兄弟半個時辰前來過，當時已不見半個人影，或許是那些武師仗著趙家名氣，以為不會有人會來打他們主意，所以去偷懶了吧？」

「嗯？」夏白冷眼一掃眾手下，他身材雖矮，但武功既高，手段又狠辣至極，性情又是喜怒無常，手下們紛紛怕得要命，被他這麼一掃視，背脊上登時涼颼颼的似被抵上一把利刃，張立識趣，連忙站了起來，對著同伴大聲呼喝道：「你們幾個，隨我在四周再巡視一遍，以免中了趙茶的圈套。」言罷立即領了幾名海沙幫眾離去。

夏白冷哼一聲，吩咐手下把裝載五石散的大箱子搬上停泊在碼頭的其中一艘趙氏大商船，再從貨倉中劫走數箱貨物。那些幫眾跟隨夏白已有一段時日，深知老大脾性，甫一登船立即便把趙氏旗幟換上海沙幫的。夏白登上商船，看著迎風飄揚的海沙幫旗幟，自言自語地道：「趙茶啊趙茶，這是你欠我的，怪不得我夏白翻臉無情。」

過了一會，手下前來報告，說四周當真沒有半個趙家武師，夏白本想今夜能把他們殺個落花流水以泄心頭之恨，想不到得來如此容易，心中雖略有不甘亦無可奈何，便道：「走吧。以後多的是機會動手。」接著便令手下開船，順著陽江往下游駛去。

夜江之上浪濤洶湧，就算是大商船也難免顛簸，海沙幫眾全是熟悉水性的河賊，自不把這些浪濤放在眼裡。他們今夜劫了一趟大貨，極是喜悅。五六名在甲板上負責看守的幫眾都放下了戒備聊天，從艙內步出的張立見狀，連忙走上前低聲斥道：「作死麼？」

張立乃夏白閉門弟子，也是幫中第二把交椅。他地位雖高，性格卻不似前者一般喜怒無常，手下們對著這二當家自然不會太過害怕。雖被張立斥責，但那幾個河賊手下還是笑道：「張大哥，今夜幹了一票大的，咱們可有一段日子享樂了。現在就該慶祝一下啊！」

張立回頭張望，但見夏白坐在船艙裡閉目養神，神色肅然。手下順著他的視線望去，低聲問道：「張大哥，今夜收穫豐富，怎麼幫主還是悶悶不樂的樣子？」張立回過頭，低聲道：「這算得了什麼？聽不到幫主的話麼？這票貨只是開始，以後還有得忙呢。」

手下相視一眼，紛紛奇道：「忙？有什麼可以忙的？」

張立神色忽然凝重起來，道：「你們想想，近年五石散平白無端的在廣陽城中興盛起來，不論官府如何打壓，還是捉不了人。被我們發現的這票貨，不但數量龐大，還是如此的好貨，趙茶要是知道被我們劫了，還不來跟我們拼命？」

手下相對無言，張立繼續自言自語的不知說著什麼，其中一名手下打斷了張立的思路，問道：「張大哥，話說回來，幫主咋那麼神通廣大，知道趙茶貨倉裡面有這麼一票貨？」

張立的眉頭幾乎鄒成一條直線，道：「兩個月前幫主忽然收到一封神祕的信箋，上面提供了這票貨的詳細內容，走哪幾個口岸，何時到達廣陽碼頭，均寫得一清二楚，鉅細無遺。」張立邊說邊緩步走到船頭，眺望漆黑無邊的陽江，續道：「幫主收到信箋後，立即派我按著上面標示的地方逐一探路，我從四川去到河內，挨個明察暗訪，信上內容不但不虛，更是毫無遺漏。於是我快馬加鞭趕了回來報告幫主，他見消息準確，便決意劫了這批貨。」

手下們聞言後面面相覷，均不懂如何反應是好，但他們也意識到這事的不尋常，適才的嬉戲一掃而空，換上茫然凝重的臉色。

其實不止幫眾，就連張立也是滿腹疑團，心中暗忖：「這信箋來歷不明，極是古怪，可不知師父為何非得要劫這票貨。雖然趙茶看上去沒有什麼大的背景，但他富甲天下，要是聘請什麼高手過來，我們又怎能應付？更何況廣陽城還有那九龍幫……」

思緒之間，忽然遠方傳來一陣若有若無的哭聲，打斷了張立的思路。張立愕然抬頭，但聽江中沙沙聲的風浪大作，哭聲雖不響亮，卻能穿透浪聲鑽入耳中，彷彿就在耳邊低語一樣。

張立頓時打了個寒噤，不知這到底是鬼魅還是什麼東西，生怕自己聽錯，連忙回頭，只見其餘幫眾也是一臉錯愕，顯然也是聽到這詭異的哭聲。其中一名幫眾忽然面露懼色，發抖的手腕指著前方，顫聲道：「張……張大哥……」

張立回頭，只見漆黑的河道上忽然出現兩排火光，似是燒著了什麼，而那若有若無的哭聲，正正就是從前方傳來。待商船駛近，張立探頭一看，登時嚇得臉色發白，連忙回頭直奔船艙，推開艙門大喊道：「幫主！」

夏白在艙內亦聽到哭聲，他一聽這聲音悠悠傳來，就知來人是個高手。但想到此等程度他也能做出來，於是並不太過在意。見張立慌張前來，只不悅地皺了皺眉，斥道：「小小事情就慌張，成何體統？」

張立再難掩不安情緒，顫聲道：「老大，前……前面有許多屍體！」

「屍體？」夏白本以為只有突如其來的哭聲，想不到還有其他意外，但見張立不停地點頭，道：「是……是趙家武師的屍體啊！」夏白一聽，也感覺不妥，立即提起兵刃奪門而出，直奔船頭探個究竟。

哭聲依然若有若無，時而幽怨，時而憤恨，時而哀傷，時而癡狂。

商船前方的河道兩旁，一個又一個燒著的木筏一字排開，上面均躺著兩至三具屍體，而屍體身上的衣服正正就是趙家的服飾。兩行木筏似是用繩子或是鐵鏈互相串連著，在洶湧的浪濤下也只在原地起伏，並不沉沒。

在忽明忽暗的火光之下，海沙幫眾人猶如駕船進入修羅河，兩旁的火把就似幽冥鬼火，為他們點亮這條通往地獄的河道。

望著如此詭異的情景，夏白心中雖稍感不安，但在江湖打滾多年的他有什麼風浪沒有見過？哪會畏懼眼前的伎倆，他暴喝一聲，然後朗聲道：「哪裡來的鼠輩！別再裝神弄鬼的，趕快給老子滾出來！」

夏白語畢，那哭聲又再響了幾分，前方一個沒有著火的木筏擋在河道中間，詭異的哭聲正是從這木筏而來。夏白見木筏上隱隱約約有個人影，他怒從心起，喝令手下：「撞過去，把這兔崽子撞個稀巴爛！」

就在商船撞上木筏的一刻，哭聲戛然而止，一道黑影騰空而起，躍過了眾人頭頂。這身法之快，跳躍的高度之高，連夏白也不禁驚嘆。待他和張立等人回過頭來時，一名又高又瘦的男子已低著頭站在眾人身前約二十步的距離。

而地上，亦多了兩具無頭屍體，兩名站得稍遠的幫眾頭顱已骨碌碌地滾到一旁。

從木筏躍上商船，再殺二人，這只電光火石之間的事情，夏白心中一驚，暗道這是何等身法，居然快得如此厲害。此時，只聽「鏘」的一聲響，張立與眾手下已紛紛拔刀在手，前者大聲喝問：「大膽！來者何人?!」

那高個子抬頭，月色和火光照在他的臉上，登時讓所有的人心底一寒，同時打了個冷顫。

這高個子擁有一張瘦骨嶙峋的臉龐，煞白如死人般的面色，頭上沒有盤髻，一頭披肩長髮被夜風吹得凌亂，更可怖的，是這人兩邊眼窩下各有一道疤痕，從眼角一直延伸到兩邊顴骨，使得整張臉更顯陰森可怖，如從地府來的惡鬼一樣。

高個子沒有回應張立的喝問，嘴角牽起一個詭異的笑容，扭頭往船尾直奔而去。

久歷江湖的夏白立時明白高個子的動機，大喝：「追！」說著領張立等手下追去。

高個子實在太快，包括夏白在內的人竟然無一能夠追上，夏白對張立道：「這傢伙身法詭異，待會你要當心。」張立從來未見師父如此叮囑，於是也打醒十二分精神，待眾人來到船尾時，立即印證了夏白的猜度。

負責撐船掌舵的海沙派幫眾，全部命喪當場，但那高個子卻不見蹤影，就似是消失了一般。

沒有了人掌舵，商船立時顛覆起來。夏白忽地感到背後殺氣湧現，立即回過身來，狂刀擋在身前。

「鏘！」

一聲清響，兵刃相交綻出火光，高個子猙獰的笑容忽然消失在夏白眼前。

「糟糕！」

但聽耳邊傳來一聲呼喝，夏白使出刀網護身，回過頭來之際，卻見張立單刀斜劈，高個子身形一晃，不知如何的就掠了出去，瞬間已站在十來步之遙的船尾。

「幫主，這廝……」張立話說到一半，忽然咽喉一陣涼快，鮮血激噴而出，把面對面的夏白灑了一臉血水。夏白與張立四目交投，二人目光中都透露出愕然。張立咿咿呀呀的似乎還要說什麼，卻身子一軟，倒地就此死去。

張立乃夏白一手調教的徒弟，雖不是什麼頂級高手，但還是能躋身一流高手之列，卻想不到面對這高個子卻連一招也接不了。此時，剩餘的幫眾心中恐慌之極，要不是懼怕夏白，早已腳底抹油開溜了。而夏白更是氣得雙手發抖，喝道：「你到底是誰？趕快報上名來！」

高個子臉上保持詭異的笑容，可他不但沒有回話，喉頭更漸漸發出適才眾人聽到的哭聲！他豎立於眾人之前，臉上在笑，嘴上在哭，手中長劍上的鮮血嘀嗒嘀嗒不停。夏白雖然不信鬼神，可是也不由得心裡涼了半截，他想了想，又問：「你是九龍幫的人？還是那個什麼南天神劍？」

高個子依然沒有回答，夏白不耐煩地怒喝：「裝神弄鬼的！快說！你為何會知道……」他的問題問到一半，腦海中閃過一個可怖的念頭，脫口而出問道：「你！你！你就是給我信箋之人？」

終於，哭泣聲再次停住，高個子抬起頭來，邪魅地笑了笑，也不知算是默認了夏白的問題，還是訕笑對方依然沒有猜中。後者見得對手如此，咬牙切齒地道：「好小子！你到底目的何在？」

「目的？夏白，你枉自活了那麼多年，如此淺白的道理還是不明白。我的目的重要嗎？」高個子的聲音極是古怪，既似是低聲哭泣，卻又似低語陰笑，他微微一頓，續道：「若果我目的是對付你要對付的人，那又代表什麼？代表我們會化敵為友？代表我剛才殺死你的手下也沒有所謂？不，不，不。重點不是我的目的是什麼……」

「重點是，我殺死了你的手下，而接下來，我還會殺死你全部的手下，還有罪該萬死的你。」

夏白又驚又怒，冷笑道：「罪該萬死？夏某落草為寇多年，想要取我的性命還得要排排號！嘿！原來又是一個自命不凡的俠士，想以夏某人來成全你的俠名，那倒也要看你有沒有這個本事！」最後一句配合內力吐出，眾人耳畔猶如響起一記驚雷，幫眾們登時震耳欲聾，但高個子還是不為所動，搖了搖頭，忽然又再哭了起來，他泣道：「俠？不，不，不。我說的是……」

「二十五年前，那五百一十二條的人命。」

高個子如癲如狂的行徑，懾人心魄的哭聲，神出鬼沒的輕功，還有詭異無比的劍法，早就使所有幫眾如芒在背，他們本還有一絲寄望，便是武功高強的幫主。

可是，平日泰山崩於前而不形於色的夏白卻是神色大變，如遭電擊一樣，驚怒交加地叱喝：「你到底是誰？」

「韓非。」

銀光抖動，長劍在韓非手中如同一條銀白色的活蛇一樣吞吐光芒。

聽到這個名字，夏白臉色大變。

只因他終於知道眼前這人的身分。

哭聲驟然而止，冰冷如雪的語調讓人格外心寒。

「狂刀夏白，罪・該・萬・死。」

第三章　歐陽少俠

天色由暗轉亮，雲幕向兩旁散開。旭日從下而上，束束晨光穿透雲海。嶺南的冬季不見雪花，唯刺骨的寒氣伴隨凜冽勁風在呼嘯。寒風徘徊旋轉，地上沙石落葉盤旋而起，天上晴空萬里，明媚的陽光為冰冷的大地披上和暖的外衣。

城西郊野的田野上種滿蕉樹，風一吹過，蕉葉相互交錯發出啪啦啪啦的聲響。忽聽「踏踏踏」的腳步聲響，三道人影在蕉林間急促奔過，勁風一拂，那蕉葉拍打聲更是響亮了不少，似是旁觀者為三人吶喊助威。

那三人兩前一後的追逐，後面那人長嘯一聲，大喊道：「廣陽二鬼！還往哪裡逃?!」

這人莫約二十五、六歲，名叫歐陽昭。他頭戴青色帽巾，面目清癯俊朗，宛似一個弱不禁風的文弱書生。他寒風之中亦只身穿一件風塵僕僕的黑色單衫，腰間懸著一柄長劍，臉上身上縱使佈滿塵土，亦無損文質彬彬中帶著的剽悍。

歐陽昭正追捕的乃是在嶺南一帶作惡的廣陽二鬼，這二鬼武功雖然不高，但為人奸狡，輕功又甚為高明，多次逃過官府追捕。歐陽昭追蹤了一個多月，差點就在嶺北逮住他們，可惜二鬼分頭行動混入人群，隨後又設了一個陷阱暗算歐陽昭，使得後者功虧一簣，幸虧沒丟掉性命。但不知歐陽昭如何重新找到二人行蹤，二鬼竟在廣陽郊外又給他纏上。

二鬼見歐陽昭窮追不捨，各自心中暗罵道：「你這歐陽昭冤魂不散，真比追債的還要狠！」此刻雖無人群，但四周盡是密密麻麻的香蕉樹，亦方便躲藏。二人乃親生兄弟，相視一眼即心意相通，立即改變策略分走左右，欲躲進蕉林之中。

歐陽昭早就猜到他們有此一著，這次他再不猶豫，長身而起在身旁的樹幹借力一蹬，大鵬展翅般掠向走向左方的小鬼。這下他蓄勢已久，冬季的蕉樹樹葉稀疏，小鬼的身影歐陽昭在半空一覽無遺，他這一蹬頃刻間已經追上對方，從上而下左手向前一搭，剛好抓住後者的肩膀。

廣陽二鬼當中，大鬼謹慎，小鬼莽撞。此刻被歐陽昭搭上肩膀，小鬼立馬大驚失色，連忙用力一甩，虧得歐陽昭還沒抓穩，才被他勉強掙脫。小鬼急怒攻心，正所謂惡從膽邊生，也不顧忌歐陽昭武功高上他許多，立馬心生殺意，掙脫後向前疾衝了數步，左手往懷內抓了一把金錢鏢向後猛揮，數十枚金錢鏢頓時向歐陽昭面門猛擊過去！

這下距離又近，小鬼又是用盡全力，眼看歐陽昭定必閃避不及，小鬼忽然想起什麼，心中一陣慌亂，心道：「哎喲糟糕！恐怕這下會把這南天神劍打成篩子！」

但聽鏘的一聲清響，歐陽昭拔出長劍在身前一圈，小鬼眼前忽然出現一張銀白色的網子，金錢鏢迅速沒入劍網當中，卻無半點聲響。小鬼還沒反應過來之際，忽地光網一收，如漁夫收網一般回到歐陽昭手中，此時才聽到連串金屬墜地聲，那些金錢鏢全皆墜落歐陽昭腳邊。

歐陽昭以劍面卸走金錢鏢的力道，其看位之準，手法之精妙缺一不可，小鬼被這招震懾還沒反應過來，忽然只覺脅下一痛，已被對方點了穴道，往後便倒。

制服了小鬼，歐陽昭也不停留，立即回頭追捕另外一人。剛才制服小鬼的過程極短，歐陽昭心忖大鬼輕功再厲害，也不會逃遠。他躍上一棵蕉樹，居高臨下俯視田野，卻驚訝發現大鬼已逃去無蹤。他躍回地面，細細查看腳印，也是一無所得，心中奇道：「這大鬼輕功有這麼厲害嗎？竟是什麼蹤跡也沒有留下。」為防節外生枝，他從後背拿出繩索把小鬼雙手牢牢綁在身後，自己拿著繩索另外一端。小鬼罵聲不絕，歐陽昭笑道：「你罵也沒用，且讓我看看你倆有多兄弟情深，瞧瞧大鬼會否冒險前來救你？」

小鬼呸了一聲，正要再罵，後頸忽然一痛，立時說不出話，已被對方點了啞穴。

「閉嘴吧，以後在牢房裡你說多少也沒人管。」

二人走上官道，此刻道上已盡是準備入城的農家，有推著車的，也有背著竹簍的，腳步和車輪揚起的沙石在陽光中閃爍不定。過多莫約半個時辰，歐陽昭終於來到廣陽城西門，此刻雖仍在城外，但風景已與剛才大有不同，青石板路也變得平坦，城外的市集，百姓各自寒暄，有的在檔前打掃，有的擺好貨架準備開門做生意，友善祥和的氛圍彷彿從城裡透到城外。

歐陽昭遙遙瞧去，城門守衛已準備開門，而城門外盡是等候已久、各推著車子的農家。農戶的車子把城門圍堵得水泄不通，彼此大聲交談著。他們為了儘快進城把手上農作物賣走，都不願相讓，嘴上雖客氣地打著招呼，眼尾已不斷向城門飄去，蓄勢待發。

「勞駕勞駕……這幾位大哥，能否先讓小弟進城？」

排在最後的農家聞聲駐足，回頭張望，認出了歐陽昭，齊聲說道：「哦！是歐陽少俠！」他們注意到歐陽昭身後的小鬼，又開始議論紛紛地道：「噢！歐陽少俠又逮住了什麼賊盜！來來來，先讓少俠先進城吧！」

說著說著，眾人把手推車移開，人群向兩旁散開，頃刻間讓了一條路出來。歐陽昭縛著小鬼，向讓路的農家道謝，然後帶著小鬼向城門走去。

「呀」的一聲，城門緩緩打開，明亮的虹光正好穿越城池，照耀在歐陽昭身上。他沿著人群讓開的通道走向城門，農民們再無之前的吵鬧與喧嘩，目光全都聚焦在二人身上，臉上滿是敬佩歡愉的神情，各自低聲細語，猶如見到什麼大人物一樣。

歐陽昭身上那和暖的氣息在初冬中格外出眾，他一直跟四周的農夫談笑風生，直到城門打開，農夫們紛紛說道：「歐陽少俠！你拿著賊盜，還是先進城交給衙門吧！別耽誤了時間！」

歐陽昭亦不推搪，對著眾鄉農拱了拱手，牽著繩子帶小鬼進城。迎著光，他一邊走著，一邊向守城官兵打招呼。官兵也衝著他後背大聲喊道：「歐陽少俠！這個兔崽子是什麼角色要勞煩你出手啊？」

歐陽昭還未來得及回答，大道上的百姓已經認出小鬼，大聲喊道：「是廣陽二鬼中的小鬼！」

路旁的民眾見到，早已停下手上的工作，紛紛向歐陽昭投以讚賞的目光，又見到縛著的乃惡名昭彰的「廣陽二鬼」時，更是響起擂鼓一般的掌聲。

「噢！真的是這天殺的廣陽二鬼！終於抓住他了！」

歐陽昭臉上一紅，道：「哎喲大家別說了，我還讓那大鬼跑了，回頭把大鬼也捉回來，那才能讓大家放心。」

眾人哄笑了一聲，歐陽昭看到大道旁的一名老者，上前微笑道：「對了，福伯，上次你兒子的商旅被他們倆洗劫一番。記得叫他過段日子到衙門作證呢。」

大道另外一邊的一名壯漢道：「昭仔！這二鬼狡猾得很，官府也奈他們不何！你咋那麼神通廣大把小鬼給活捉了回來？」

歐陽昭笑嘻嘻的道：「你說呢梁大哥？我可是彼岸大師的徒弟，崖大捕頭的師弟哦。」

「嘿！老梁！昭仔是你叫的麼？人家歐陽少俠江湖人稱南天神劍啊！你還把他當成當年的黃毛小子啊？」

廣陽人喜歡在人名後面加一「仔」字已示親昵，老梁多年叫慣了沒能改口，被那人說得滿臉通紅，歐陽昭連忙打圓場道：「哎呀，陳老闆，你們也是看著我長大，你們如何稱呼也沒關係，不必為此爭吵喇。」眾人稱讚與哄笑聲中，歐陽昭一路對著兩旁的居民打招呼一路前進。

忽然，一名農婦從旁奔出來，跪在歐陽昭跟前，聲淚俱下的大喊道：「歐陽少俠！歐陽少俠！救命啊！救救我家的孩兒啊！」

歐陽昭被農婦嚇了一跳，連忙走上前扶起對方，道：「大娘不必行此大禮，有何用得著歐陽昭的，你且慢慢道來。」

農婦泣道：「我……我的老伴和兒子啊……他們之前說有一份很好的工作，但……但去了半年多了，音訊全無啊！還有老徐家、老陳家也是這樣……」

農婦鄉音極重，說的話又是顛三倒四，歐陽昭耐著性子聽了好一會兒，才知道婦人丈夫姓許，乃月牙灣村的村民，家裡本經營著雜貨店。莫約大半年前，一個神祕人來到他們寸雇用村民到別省工作數月，還開出了極為豐厚的薪水。月牙灣村只是一小農村，向來貧困，村中年輕人與男丁聽到條件如此豐厚，自然紛紛參加，不久過後，幾乎整條村的男丁都隨那神祕人離去。

只是一別大半年，那些村民卻一去不返，音訊全無，村中人已報過案，官府也是沒有消息，農婦本是萬念俱灰，碰巧遇上歐陽昭，於是立即上前請求幫忙。歐陽昭點了點頭，心想這事情毫無頭緒，但若是牽涉如此多人，總會有點蛛絲馬跡，於是安慰農婦道：「大娘，我先前往衙門一趟，回頭就來你們的村子看看，你且放心。」農婦對著歐陽昭哭著又磕又拜，歐陽昭禮讓數番方才離去。

剛才的老梁和陳老闆看著歐陽昭漸行遠去的背影，相視一笑，前者道：「昭仔真厲害！了不起！難得他現在已聲名遠播，仍幫著我們去幹著些小事，而且從來沒有擺出大俠架子。當真難得。」

後者也道：「他從小就心地善良，赤子之心不變啊！咱們二十多年前有陶幫主，江山代有人出，現在又有昭仔這等少年英雄，當真放心得很。」老梁嘆了口氣，道：「歲月如梭啊！二十五年前的事情也好，十年前的事情也好，我還歷歷在目呢。」

梁陳二人剛剛所說的事情，正是十年前兩廣交界猖獗作惡的嶺南山賊，不少商旅均著了他們的道兒，當時年僅十五歲的歐陽昭不顧師父彼岸大師反對，決定鏟除這幫惡盜。

他年紀雖輕，卻已有勇有謀，混進商隊待山賊出現才現身，然後故意放生一名山賊，之後單槍匹馬直搗黃龍。那個山寨雖然沒有什麼一流高手，但畢竟是人多勢眾，歐陽昭初生之犢不畏虎，那一戰殺得天翻地覆，山寨上下四十多名悍匪盡被他一人一劍所殲，終替廣陽百姓剷除了這幫惡盜，自此一戰成名。

二人說著，忽然附近有一商賈裝扮的胖漢卻是冷笑一聲，滿臉不屑地道：「嘿，此等江湖草莽，今日行俠仗義，明日落草為寇，翻臉比翻書還要快，真不知你們為何如此歌功頌德，真讓人噁心。」

老梁臉色一板，正欲反駁，陳老闆卻拉著他的衣袖，搖了搖頭，笑道：「總會有人不領情，何必太過在意。」老梁點了點頭，與陳老闆分別各自忙去了。

廣陽城衙門位於西門大街盡頭，歐陽昭拖著小鬼來到衙門前，熟練地取起堂鼓棍用力敲了幾下，過了半晌衙門大門緩緩打開，一名年約三十的捕頭站在他的面前。

這個捕頭臉長眼細，鼻樑直挺，劍眉入鞘，精神抖擻，神情嚴肅。他面無表情地看著二人，隨即目光停在歐陽昭身上，道：「為了把這兩隻鬼繩之於法，衙門可是傾盡人力物力，最終還是被他們逃了。你這小子倒好，一出手便捉了一個，如此下去廣陽城還要得著咱們嗎？全部毛賊都讓你南天神劍緝捕歸案便是了。」他的表情雖無變化依舊冷冰冰，但語氣就似是一個長輩正對頑皮的後輩無奈說教一樣。

果然，歐陽昭的俊臉露出了一個調皮的笑容，他把手中的繩索塞到捕頭手中，笑嘻嘻地道：「誰叫我的師兄乃大名鼎鼎的神捕崖繼之？師兄教導有方，師弟自然也是了得。」

「口甜舌滑。」崖繼之又再白了對方一眼，吩咐身後的手下把小鬼押下去，轉身對歐陽昭道：「當日教你這些本領，是想你日後加入巡捕房。偏偏你不願當捕快，卻又常常把罪犯捉來，真拿你沒有辦法。」

歐陽昭被崖繼之說教得多，已成習慣。他隨著對方走進衙門，毫不在意地笑道：「我再不正經也是在除暴安良，當了巡捕，反而更多掣肘。」他看了看四周，低聲道：「若非六扇門有諸多規矩，廣陽二鬼怎能逃出師兄的五指山？對嗎？」崖繼之雖只比歐陽昭年長五歲，但少年老成，相比起來倒顯得成熟得多。此時他對師弟違拗不過，只有無奈苦笑。

二人說說笑笑走到中堂，忽聽門外傳來急促腳步聲響，另一捕快神色惶恐從門外急奔而至。崖繼之眉頭一皺，不滿捕快的失態，喝道：「何事大驚小怪？」

捕快停在二人面前，歐陽昭認得這他叫岳秀琰，乃崖繼之的得力助手。只見他面如死灰，滿額大汗，神色驚恐至極。平日岳秀琰見到歐陽昭，定會沒話找話的搭訕兩句，但今天卻是看著大捕頭，眼尾不停瞥向自己，一副欲言又止的模樣。

歐陽昭猜想岳秀琰或許有機密的案件稟報，於是朝師兄點點頭，便識趣地走到了一旁。岳秀琰待見歐陽昭走遠，低聲對崖繼之說了幾句，歐陽昭見師兄渾身一震，其本就嚴肅的臉龐更顯幾分凝重，心道：「師兄什麼風浪沒有見過，能讓他如此動容的，恐怕也不是什麼小事。」

崖繼之對岳秀琰低聲交待幾句，後者立即離去。崖繼之低頭思索半晌，然後對歐陽昭招招手，待後者走上前去，崖繼之迫不及待搶先問道：「昭弟，你昨夜去哪了？」

歐陽昭奇道：「適才不是跟你說了麼？昨夜我一路追捕廣陽二鬼，直到今早才在蕉樹林把小鬼捉住啊。」崖繼之雙眼一眨不眨地盯著他，然後不停詢問捉捕二鬼的細節，從何時何地開始追緝，到何時何地制服，到何時來到廣陽，問了個鉅細無遺。

歐陽昭一開始還沒有察覺異樣，逐漸發現崖繼之並不是出於關心，而是把自己當成犯人一樣盤問。他漸漸心中有氣，他雖然敬重師兄，但語氣也不禁越來越差。兩師兄弟從一開始閒話家常，竟到了現在有些許劍拔弩張的味道。

過了不久，岳秀琰又再回來，崖繼之丟下歐陽昭，走到一旁低聲商議。

歐陽昭聽不到二人說著什麼，但見崖繼之眉頭幾乎皺成一條直線，低頭思考了好一會兒才走過來，此時他的臉色已大是緩和，問道：「昭弟，最近你可有開罪了什麼人？」

「沒有啊。」歐陽昭見對方已沒有惡意，也放下了戒備，他聽得丈八摸不著頭腦，想了想又道：「最多也是得罪一些賊盜罷了。師兄，到底怎麼了？」

崖繼之長長歎了口氣，難掩憂色的道：「隨我來吧。」

第四章　栽贓嫁禍

晴朗的晨曦維持了不夠半晝，陽江水汽上揚，霧靄如紗，輕輕擋住了刺眼的陽光。河畔上那擱淺的商船在霧氣中若隱若現，空氣中彌漫著濕氣與腥臭的血味，遠遠望去，猶如一艘廢棄鬼船，讓人望之心畏。

歐陽昭與崖繼之來到時捕快已封鎖現場，二人登上商船，歐陽昭沿途上見所有捕快均投來異樣目光，與平日大是不同。由於歐陽昭毫無架子，又是崖繼之的師弟，其他捕快與他相當熟絡，但此時卻見他們似有意避開自己，似是懼怕什麼似的。

歐陽昭心中略感奇怪，遠望過去，但見滿地屍骸，乾枯淤黑的血積如地毯一樣鋪滿甲板，滿地的血腳印中，他留意到有一道足跡比其他的大上一圈，而這足跡也是斷斷續續，完全不能連貫，極是奇怪。

歐陽昭隨崖繼之前行，遙遙望見船桅上懸著一具屍體，另一邊捕快攔著三人不讓進入現場，歐陽昭舉目眺望過去，為首一人是個富賈，體型高大微胖，相貌長得和和氣氣，臉頰下留有長鬚，身上服飾奢華精美，寶藍色的上等絲緞配以金線描邊，方帽上鑲著一顆明亮的紅寶石，腰帶上的溫玉翠綠剔透，身披一件泛光的貂毛大衣，端的雍容華貴。另外二人衣著一樣，站在錦衣人身後負手而立。

歐陽昭眼利，一眼認得此人是廣陽城中首屈一指的富賈趙荼，心中估量道：「瞧這架勢，此船莫非屬於趙員外的？難道說是船隊被劫了嗎？」

二人來到船桅下，歐陽昭見遠處的趙荼也瞧見了他。他倆雖無交集，卻總算有幾面之緣，歐陽昭客氣地向對方點頭示意，但趙荼卻是神色陰晴不定，臉色變換了幾次才勉強擠出一個笑容。

歐陽昭雖感奇怪，但也無細想，抬頭望去，終於看清夏白那被釘在船桅頂端的屍體。

狂刀夏白既在江湖享負盛名，又是廣陽有名河賊，居然慘死在趙荼的商船上，一道觸目驚心的乾枯血跡從夏白的屍身沿著船桅流到甲板，血跡的盡頭似乎寫著一行血字，歐陽昭與崖繼之走前一看，前者登時渾身一震，訝然失色。

原來甲板上寫的，正是「南天神劍盡屠海沙幫於此」十一個大字！

這十一個字以血寫成，現在已變成深褐色，發出陣陣腥臭。可這些字寫得四四方方，雖不是鐵畫銀鉤，但也算是字正方圓，大方得體。

歐陽昭恍然大悟，登時明白為何在衙門內崖繼之一臉戒備，亦明白在場的所有捕快與趙荼為何神色詭異。果然，趙荼與兩名隨從越過捕快阻攔，來到眾人面前，對歐陽昭道：「夏白與海沙幫眾為非作歹，草菅人命，早就應該剪除。少俠為民除害，真的是可喜可賀。」趙荼作為商人，一向油腔滑調，四面俱圓，但此時臉帶狠色，口上感謝歐陽昭，眼神卻惡狠狠地盯著對方，哪裡像是感激對方？

歐陽昭莫名其妙地被栽贓嫁禍，丈八摸不著頭腦，他立即向趙茶道：「趙員外見笑了，這夏白縱使該死，但……但這卻非在下所為，恐怕是另有別情。」

趙茶聞言冷笑兩聲，道：「歐陽少俠太過謙虛了，把海沙幫連根拔起，在江湖上何其大事？若真如你所言，此人幹下如此震動江湖的大事，卻把功勞交給少俠，此人的高尚情操，也當真難得啊。」

趙茶句句帶刺，歐陽昭心中有氣，正要還嘴之際，身旁的崖繼之已道：「昨夜歐陽昭在城西捉拿廣陽二鬼，今早才把其中一人緝捕歸案，相信此事確實與他無關。」

趙茶斜眼看了看崖繼之，冷哼一聲道：「既是如此，相信歐陽少俠對鄙人遺失的貨物，亦無頭緒是了，對吧？我們趙家看守貨倉的守衛們現在身在何處，是生是死，少俠也毫不知情了，對吧？」

趙茶咄咄逼人，歐陽昭這才恍然大悟。海沙幫劫走的貨物不翼而飛，兇手栽贓自己，趙茶自然以為是他殺死守衛和海沙幫再劫走貨物。歐陽昭心胸豁達，想到此處亦就不欲與對方計較下去，轉過身便去查看夏白與幫眾的遺體。

歐陽昭四處觀察，但見現場血跡斑斑，他搖了搖頭，又細細察看倒斃四處的海沙幫眾，待他抬起頭來之時，正好與崖繼之目光相接，二人同時看到對方眼中的發現。

「全是一劍斃命。」

二人得出如此結論時，趙茶又在後面怪聲怪氣地道：「南天神劍果是厲害。」

歐陽昭對趙茶的嘲諷充耳不聞，目光停留在其中一個血腳印上，喃喃自語道：「腳印很奇怪……」

崖繼之暗讚師弟沉得住氣，有默契地站在海沙幫眾倒地的位置，歐陽昭試順著腳印而行，去到崖繼之右側時以指代劍試著點向師兄咽喉，卻發現這個方位極不順手，崖繼之正狐疑之際，歐陽昭已醒悟道：「左手劍！」接著嘗試用左手一點，果能直指對方咽喉。

足跡至此而斷，歐陽昭思考之際，這次輪到崖繼之發現線索：「昭弟，看。」

歐陽昭順著崖繼之目光望去，屍體後背隱約可見一個血腳印，兩師兄弟互視一眼，同時奔向遠處的另一具屍體。

「落腳點在這裡。」

「這次是右手。」

二人均能洞察秋毫，差別在於崖繼之心細如塵，分析井井有條，而歐陽昭則思維跳躍，往往能異想天開，想到常人想不到的方向。師兄弟二人默契極佳，互補長短，此時一人模仿殺手招式，另一人則按照腳印推斷殺手的殺人次序與步法。頃刻間，昨夜韓非如何殺死海沙幫眾已被歐陽昭二人模仿了個大概。

「剩下夏白。」

歐陽昭早也收起了笑容，臉色凝重地看著地上腳印，終於找到了夏白的足跡，道：「師兄你看，這是夏白的腳印。」

歐陽昭所說的腳印與普通幫眾不同，一來腳印遠較其他為小，二來步履密密麻麻，三來腳印所處的地板略略下陷，還有些許裂縫，這些崖繼之也看在眼裡，道：「力猛氣雄，狂刀一出如飛沙走石，狂風大作。確是夏白的腳印，只是……」

地上韓非留下的腳印錯綜複雜，似是圍著夏白毫無章法團團轉圈，二人互視一眼，線索亦就此中斷。

此時，岳秀琰急步奔來，大喊道：「找到了！找到趙家失蹤的守衛了！」

崖繼之與歐陽昭同時轉身問道：「在哪？」

「正……正打撈上來……」

趙茶聽得噩耗，臉色越加難看，他惡狠狠地盯著歐陽昭，對崖繼之道：「崖捕頭，望你能夠儘快查個水落石出，不管凶手是誰，也要讓他繩之於法。」說到後面，目光直視歐陽昭，意思再也明白不過。

崖繼之乾咳兩聲，心裡雖想著趙府守衛說不定是海沙幫所殺，但知道這個機會極是渺茫，也就不說出口，只好低頭稱是。趙茶再瞪了歐陽昭一眼，便領著身後兩名手下離去。

趙茶離去，歐陽昭二人從捕快口中得知趙家守衛的死狀後，歐陽昭不禁聳了聳肩，道：「真的不想這樣說，可從這一切看來，確是一人所為。」

「左右手皆善於使劍，且能以一人之力屠殺趙家守衛和海沙幫，整個江湖上能做到的已然不多，在廣陽一帶……」崖繼之沉吟道：「你、師父、陶幫主，我想到的也只有這麼三個人。」

「鐵手追命陶幫主，他不使劍。」歐陽昭苦笑嘆了口氣，道：「那也怪不得趙員外把我當成了殺父仇人了。但我在想他被劫走的到底是什麼貨物，居然勞他的大駕來這裡向我這個『凶手』興師問罪。貨物不翼而飛，以一人之力絕難做到，廣陽城中有這樣能力的人不多。」

「你意思是……陶幫主？」

「隨口說說而已。」

崖繼之點了點頭，沉吟道：「這確實可疑……」

「好了，此事就麻煩師兄，幫我洗刷冤屈了。」歐陽昭笑著聳肩，崖繼之瞪大了眼，奇道：「你這小子，被人栽贓嫁禍也不緊張？」

歐陽昭笑道：「有捕神在，我又豈會含冤受屈？更何況，當務之急我該把大鬼也捉回來，哦，還有三灣村……此事聽上去也甚奇怪，我明日也要去一趟看看。」

崖繼之沒好氣地斜眼看著師弟，道：「還真沒看過被人嫁禍還如此輕鬆的人。」他口上雖是這樣說，但與歐陽昭目光相視時，還是仍不住笑了出來。

笑聲遙遙傳了出去，為接下來的事，揭開了序幕。

已然離去的趙茶氣急敗壞，一路走，一路自言自語地道：「夏白這可惡的傢伙，不管昔日情誼那還算了，竟敢劫走那批貨……居然還被人殺了？死也不死得好一點，生前害兄弟，死後……」

「老爺，你也相信不是歐陽昭做的？」身旁的手下問道，趙茶立即罵道：「你的腦袋長到哪去了？自然不是歐陽昭幹的！」

手下莫名其妙被罵一頓，不敢再說，趙荼則似是看穿手下想法般，道：「在船上的時候也是做做樣子，若歐陽昭知道我販賣五石散，他又豈會像剛剛一般客氣？嘖！我們的貨向來保密，到底如何走漏風聲被夏白劫走？夏白又為何人所殺?!」

趙荼一路自言自語，忽然腦中想到什麼，失聲道：「難道是『他』想私吞整批大貨？若真的是『他』……」他喃喃自語，又是低聲咒罵，又是憂心忡忡，身旁的手下都不敢搭嘴，過了好一會兒，又有一名手下從遠處奔來，道：「老爺，大事不好了！倉庫那邊出事了！」

趙荼怒道：「該死的！一波未平一波又起！發生什麼事了？」手下道：「月牙灣村的那些人，從倉庫裡逃跑了……」

趙荼怒哼一聲，他沉默思索了好一會兒，所謂惡從膽邊生，道：「倉庫的事絕不能讓人傳出去，你……去找『那人』，問『他』借些人追到月牙灣村，能捉走就捉走，捉不走……」說到這裡趙荼以手作刀，在脖子上比劃了一下，手下立即領命離去。

他語音雖低，卻想不到仍被躺在道旁那高高的楊柳樹上的韓非盡收耳底。

韓非一身青衣，如同融入樹木之中。蓑帽掩蓋了大半張臉，他嘴上又再牽出一絲可怖的冷笑。

霧氣漸濃，陽江前霧霞彌漫。天氣好時站在江邊向南望去，本該看到的片片田野。此刻被霧氣如薄紗般的半遮半掩，只能偶爾看到江上少許趕回岸邊的漁船黑影。

歐陽昭回頭看著煙霧彌漫的陽江，崖繼之的身影與趙家商船一樣在霧中若隱若現。對於莫名其妙被栽贓嫁禍，他雖滿腹疑竇，但轉念一想，自己作為嫌疑人亦不好插手此事，更何況師兄乃江湖鼎鼎大名的捕神，自會還自己清白。

不經不覺已過未時，歐陽昭想起今早那三灣村的農婦，心道：「從此處去三灣村至少要三個時辰路程，途中正好路經千竹林，倒不如先去探望師父，留宿一宵明早再去罷了。」

歐陽昭和崖繼之的師父名叫彼岸大師，師承嵩山少林，一手伏魔劍本就使得出神入化，還俗後四處行俠仗義，約二十年前來到廣陽定居，之後重新剃度，在城西西禪寺中修行。後來他把伏魔劍法改良，創出一套「眾生劍」，授予崖繼之和歐陽昭兩名徒弟，那也是後話了。

歐陽昭來到廣陽城西北的千竹林，那竹海一望無際，遠眺過去只是一片蒼翠綠海，入口處隱約可見一條人走出來的小路，路旁全是密密麻麻的竹樹。千竹林顧名思義，不但數量驚人，連種類也甚為繁多。有高崇入雲，葉如雲朵的；也有如人一般高，葉似銀針的。千百種竹樹在林中盛放，如同迷宮，也是如此原因，當地的獵戶也盡量避免在此狩獵，使得林中更是鳥聲鶯鶯，遍地走獸。

歐陽昭與崖繼之都是孤兒，被彼岸收養，自小在千竹林長大，對一切都瞭然於胸，外人看上去如迷宮般的竹林，在他眼中就是自家花園一樣來去自如。歐陽昭左拐右轉，眼前豁然開朗，出現一條斜坡，上得坡去，前方大片空地，一座黃牆紅瓦的寺廟出現眼前，正正就是西禪寺。

鳥語花香，景物依舊清幽秀麗，歐陽昭屈指一算，已有三四年沒有探望師父，暗道自己這年來浪跡江湖，多次回到廣陽也不拜門造訪，著實不孝得很。他想到此處心生愧疚，心道：「不知師父身體如何？是否壯健如昔呢？」一念及此，他忍不住笑了出來，搖頭心想：「歐陽昭啊歐陽昭，試問師父何等功力，豈會出什麼事？你還真杞人憂天。」走到寺前叩門。過了不久，一名從未見過的小沙彌開門，前者躬身道：「小師父，請問彼岸大師可在？」

小沙彌年紀極輕，也不知是否少接待人，見到歐陽昭竟滿臉通紅，過了一會才雙手合十回禮，結結巴巴的道：「彼……彼岸師父正……正閉關禪修，敢……敢問施主有何要事？」

歐陽昭正要自我介紹，忽聽沙彌後面傳來一把聲音：「哦？是昭仔嗎？」說著，一名老僧從門口走來，歐陽昭認得此人，笑著招手大叫：「至善大師！」

至善大師約六十來歲，身穿黃紅色袈裟，他身材高大，歐陽昭已然不矮，但至善比他還要高出一個頭。他兩道白眉低低垂下，長得慈眉善目。他向小沙彌擺擺手，微笑道道：「是熟人了，讓我來吧。」接著領歐陽昭走進寺內。

進了門，歐陽昭赫然發現西禪寺擴建了不少，他小時候本來只有主殿和東面廂房，但此時主殿西面卻多出了一個小殿和一排房子。至善見歐陽昭表情疑惑，解釋道：「兩年前寺中闖來了一個賊人，一把火燒了大殿，幸虧彼岸救出我們，大家才幸免於難。之後九龍幫陶幫主和趙員外聽說此事，主動說要修葺一下，他們倆都好心得很，不但把大殿恢復原貌，還多建了西殿和西廂房。」

歐陽昭大驚失色，還沒能作出反應，至善已續道：「當時彼岸與賊人交了幾招，本已制服對方，卻被賊人偷襲打了一掌。此事之後，彼岸養了兩個月傷方才康復。」

歐陽昭微笑的表情凝結臉上，耳邊如轟隆一聲響起雷聲，整個人如遭電擊，一時間說不出話來，過了好一會兒才道：「竟有此事?!怎麼我毫不知情?!」

至善道：「當年你在河北處理三幫糾紛，彼岸怕你分心，吩咐老衲和繼之不許告訴你。現在時隔多年，就算告訴你也無妨了。」

歐陽昭越聽越激動，淚水差點從眼眶中湧出，問道：「到底是何人所為？」

至善搖頭：「你師父至今都沒有說過那人是誰。只說……舊日恩怨，就待這掌作結。」

歐陽昭清楚師父脾氣，無奈點頭，懊惱道：「我顧著在外闖蕩，也沒回來探望一下師父。實在……實在……實在罪該萬死。」

「哈哈，言重了。」至善拍拍他的肩膀，道：「你在外面的事情你師父聽了開心得很，讚你分寸掌握得好。本來他還擔心你衝動誤事，但至今你都沒有讓他失望。你先在這裡待幾天吧，估計他也快要出關了，這些年他都想念你得很，待他見到你必定開心。」

提到自己這些年來的所作所為，歐陽昭也算是問心無愧，挺了挺胸膛道：「其他事情不敢說，我每次都查明真相再行動，以免殺錯捉錯半個好人，使得師父失望。」

至善笑道：「放心吧。你師兄常常過來，把你在外的事跡告之彼岸。彼岸每次都聽得眉開眼笑，開心得很。只是繼之常常抱怨，說你終究不願意加入衙門。」

歐陽昭苦笑道：「師兄常常不能理解。其實我跟他做的事兒差不了多少，反是領了官府的俸祿，許多該做的事情都縛手縛腳，想做也做不了。」

二人說著說著，已經走到東廂房，二人再閒話幾句，至善也就離去。

第五章　月夜驚變

與至善一席談話，歐陽昭心想自己這十年來馬不停蹄到處行俠仗義，到頭來授業恩師受襲亦毫不知情，心中思緒萬千，既是感慨，又是後悔。吃過晚飯，他走出庭院，遙望大殿，他知師父就在大殿內閉關，便不走近打擾。

歐陽昭徒步走到西殿，只見西殿裝潢頗有心思，紅磚綠瓦，無一不與大殿匹配。中間供奉的菩薩、豎立兩旁的十八羅漢均造工精細。

思緒之中，忽聽屋簷上輕輕傳來「踏」的一聲，歐陽昭抬頭瞧去，但見有一道黑影藏在簷角，立即大喝道：「什麼人?!」

黑影見行跡敗露，轉身便跑。歐陽昭立即追了上去，那黑影身手矯健，幾個起落已翻過寺中高牆沒入了竹林之中。歐陽昭本想窮寇莫追，但今日聽到至善之言，心道：「莫非就是那打傷師父的人？」一念及此，施展輕功翻過圍牆，提氣急追。

夜幕低垂，霧氣又擋住了月光，竹林內漆黑一片。歐陽昭打開火折，才依稀見到那人微弱的身影。歐陽昭在後急追，用盡渾身解數，方才拉近了不少距離。

二人腳步極快，頃刻間已經走出千竹林。二人越來越近，忽然，那人停住腳步，歐陽昭提高警惕追上，待那人回頭時，他見得對方面目，竟是廣陽大鬼！歐陽昭疑道：「是你？」

廣陽大鬼臉色凝重，他咽了一口口水，沉聲道：「歐陽昭，我想跟你做單買賣。」

「我跟你怎麼會有買賣？」歐陽昭失笑，立即伸手向對方抓去，他與二鬼交手數次，對方的武功他心中有底，本已準備了幾招候後著，豈知廣陽大鬼不閃不避任他捉住右手。歐陽昭一怔，廣陽大鬼道：「我兄弟倆幹的最多是打家劫舍，從未傷及人命。歐陽昭，你說我們罪大，還是有關人命的罪大？」

「你想說什麼？」

「我領你去一個地方，我還知道一些事情。條件只有一個，就是放了我弟弟。」大鬼語調平靜，對自己的提議似是充滿信心。但歐陽昭斬釘截鐵不為所動，立即答道：「不可能！」

大鬼嘴角一牽，歐陽昭的反應像是在他意料之內，道：「你跟我來吧，你會改變想法的。」

歐陽昭見對方胸有成竹，神情又不似作偽，思前想後，最後還是鬆開了手。

「事不宜遲，走吧。」

二人邁開腳步在官道山路上飛馳，大鬼輕功高明，奔跑起來如靈貓般上縱下躍，極為迅速，歐陽昭則是仗著內力深厚，速度雖然略略不如前者，但跑到後來大鬼開始力氣不繼慢了下來，到最後反過來是歐陽昭要減慢速度遷就對方。走了莫約兩個時辰，二人走上一個高坡，從這高坡一路下山，歐陽昭見前方傳來燈光，原來是一小村莊，大鬼輕聲道：「到了。」

二人來到村口，上面一塊牌匾書著四個大字——「月牙灣村」。

見到牌匾，歐陽昭一怔，心道：「原來不知不覺間，竟然來到了三灣。」

三灣乃廣陽以北的三個大村落，由於近著海灣，按地勢分上灣、下灣、月牙灣，三灣雖不相連，但也被人常常連在一起稱呼。上、下二灣各有二百多戶人口，月牙灣較少，只有莫約一百戶。三灣加起來與其說是村，三灣加起來也有一小縣規模了。

歐陽昭見一家家民房都大門緊閉，雖有燈光傳出，但此刻已接近子夜，按理不應有如此多的燈火。大鬼一言不發，領著歐陽昭在街上轉了個彎，見一家客店前挑出一個招子，上書「許家雜貨」四個大字，但大門緊閉，靜悄悄地沒半點聲息。

「原來這就是今日那婦人的店子。」歐陽昭心道。但見大鬼走到門前，道：「歐陽少俠，請進。」

深夜之中，大鬼的聲音遙遙傳開，格外嘹亮。可不但店中無人答應，四周所有房子也是毫無動靜。

歐陽昭心中生疑，向大鬼望去，只見對方神色黯然，他心中浮起一絲異樣，連忙伸手在門前一推，木門應聲而開。

二人進門，歐陽昭見角落的一間房傳來燈光，輕輕掩將過去。歐陽昭「呀」的一聲推開房門，房中又是一片死寂。

歐陽昭探頭向房中看時，不由得大聲驚呼。

只見兩男一女躺在地下，面向門口的男士他並不認識，但眼見他臉色灰白，嘴角流血，雙目圓瞪卻一眨不眨，已氣絕身亡。他一個箭步衝進房間，繞過地下兩具男屍去看躺在最裡面的女子，果然便是日間求他幫忙的婦人。

歐陽昭渾身一震，大鬼在身後道：「還有這邊。」他轉身隨大鬼連續探訪了好幾家民房，要不空無一人，要不房子的主人無論男女老少都死在裡面。看了十來戶都是如此，去到最後，歐陽昭已失去希望，沉聲問道：「有生還者麼？」

大鬼搖頭道：「全村一百多戶，無一生還。」

歐陽昭想到若今日自己不偷懶早點過來，眾村民就未必遭此橫禍。愧疚的淚水在他眼中打滾，他按捺不住自己情緒，雙手捉著大鬼的衣領，「嘭」的一聲用力把他推在木牆上，怒道：「什麼人做的?!」

大鬼不答，反問道：「怎樣？這個買賣，做不做？」

歐陽昭一拳轟在大鬼臉上，後者登時連血帶牙吐在地上，歐陽昭再喝問：「說！什麼人做的?!」

「我告訴你，你放了小鬼。」

「不可能！」

又是重重的一拳。

又是一口濃血吐出。

「若是如此……我告知你這是何人所為，你只要把崖繼之和衙門的捕快們引開就可。」言下之意，乃是要趁牢房兵力減少，自己動手救小鬼。大鬼嘴上雖然放軟，但眉目間神色依然堅定，歐陽昭相信除非自己答應，否則再怎樣毆打大鬼也不會透露半句。他正自思考間，大鬼在旁既是哀求，又是遊說地道：「歐陽少俠，我求求你，最多我兄弟倆從此退出江湖，不再犯事。」

氣壓濕答答的讓人不適，現場的氣氛也讓人壓抑不已。

忽然，外面傳來大批腳步聲，一把聲音喊道：「你們幾個，過去那邊查查，你們幾個，跟我來！」歐陽昭眉頭一抬，原來聲音的主人不是別的，正是自己的師兄崖繼之！

歐陽昭轉頭看了看大鬼，心中交戰半晌，過了一會終於咬牙道：「快說，然後快走。」

大鬼聽得這句，知道歐陽昭接受自己的條件，立即雙膝跪下，對著歐陽昭磕了兩個頭，然後站起來，道：「這話你或許不信，卻是千真萬確。這些村民，全是遭趙荼遣人殺害。」

「什麼?!」

歐陽昭險些沒有失聲叫了出來。

「數年前開始，五石散不知如何流入了廣陽城，一開始只有少數人服食，可現在服用的人越來越多，雖不至泛濫，但地下的人無一不窺視這個龐大的市場。」歐陽昭點點頭，他也曾聽崖繼之說過，廣陽城五石散的賣家極為隱秘，官府衙門雖然多次追查源頭，但至今捉過的全只是小人物，始終沒有線索找到背後最大的賣家。

但見大鬼稍微一頓，續道：「一開始的賣家都是些小人物，成不了氣候。但就在數年前，所有貨源都被人統一了，歐陽少俠，你猜猜這個是誰？」

「別賣關子。」歐陽昭不耐煩地說著，而大鬼也同時加重語氣，一字一字地道：

「趙・茶。」

歐陽昭耳邊「轟隆」一聲猶如響起驚雷，他雖已隱約猜到，但此刻手心還是不停冒汗，腦中也瞬間空白一片，他實在沒有想到，城中最大的富豪居然控制地下五石散市場，更狠毒得把月牙灣村的百姓屠殺殆盡！

廣陽二鬼、海沙幫、月牙灣村慘劇、還有現在這個消息。一天之內四件大事先後發生，此時歐陽昭腦海中已是一片混亂，所有的事情如繩結般扭在一起，一時三刻也不能理清當中關係。

可同一時間，其中一項疑點立即迎刃而解。

為何趙茶不願意說出貨物的資料；為何趙茶對作為嫌疑人的自己痛恨入骨；為何月牙灣村民會接任神祕工作後消失無蹤。

「月牙灣村民所說的神祕工作，就是替他工作？」

對於歐陽昭的思路迅捷，大鬼由衷稱讚，道：「趙茶聘請村民，在他的貨倉工作。昨夜被劫的，正是屬於趙茶的大批五石散。也不知什麼原因，昨夜有幾個村民從貨倉中逃了出來……」說到這裡，大鬼也於心不忍地道：「想是趙茶怕走漏風聲，所以……」

二人沉默半晌，忽然，崖繼之聲音越來越近，把歐陽昭從悲傷中拉回現實，他立即問道：「趙茶的貨倉在哪？」

豈知大鬼卻不回答，冷笑道：「待你明天把崖繼之等捕快引走，我再找機會告訴你。」言罷轉身從後門離去，臨走前回頭對歐陽昭道：「防人之心不可無，歐陽少俠還望見諒。」歐陽昭心亂如麻，也沒有阻止，就這樣眼睜睜的看著大鬼離開。

忽聽「呀」的一聲響，木門被崖繼之等人打開。他們一進門就見到歐陽昭，立馬大吃一驚。崖繼之愕然道：「昭弟？你怎會在此？」

「我本在西禪寺，有人把我引來此處。」歐陽昭不善作偽，只能模棱兩可地回答。但他這樣說更是增添崖繼之的疑心，後者眉頭一皺，追問道：「把你引來？是誰？」

歐陽昭搖了搖頭，歎道：「看不到。來到此處，那人就消失不見了。」

師兄弟二人邊說邊走，崖繼之吩咐手下四處搜證，歐陽昭則帶著師兄去到許家雜貨，指了指地下的女屍，道：「就是這個大媽今早請我幫忙，想不到我還沒能來得及幫她，她就遭遇毒手了。」

崖繼之清楚師弟性情，輕輕搭著他的肩膀，安慰道：「昭弟，別難過。」他從懷中取出一張紙條，遞給歐陽昭，道：「你看看。」

歐陽昭輕輕抹走眼中淚水，接過崖繼之給過來的紙條，上面寫著：月牙灣村遭逢大劫，崖大捕頭快來救援。歐陽昭心道：「定是大鬼托人交給師兄引他前來，剛才危急的情況看來是他早有預謀，逼我答應他。」

眾捕快在外忙碌，崖繼之雙眼卻一直沒有離開歐陽昭，他輕輕拉歐陽昭到一旁，低聲問道：「昭弟，你莫要隱瞞，究竟發生何事？」

崖繼之再三追問下，歐陽昭終究不善隱瞞，嘆了口氣，便把今夜之事細細說了一遍。

崖繼之向來泰山崩於前不形於色，聽到趙荼背後勾當後雖然驚愕，但表面卻是平靜如常。待歐陽昭言罷，崖繼之表情一肅，呵斥道：「師弟，你這就不對了。雖說這裡事態嚴重，廣陽二鬼犯的又只是普通竊盜之罪，但他們終究是賊人，你豈可跟他們做交易？」

歐陽昭早預料崖繼之會有所斥責，他也不反駁，垂首道：「我知錯了。」

崖繼之深明師弟性格，他搖搖頭，嘆道：「罷了，也難怪你。」他沉吟半晌，喃喃自語道：「但……趙荼竟是廣陽城五石散的最大賣家？當真難以置信。」

「師兄，你不相信大鬼的話？」

崖繼之道：「近年廣陽城的情況的確如他所說一般。但即使多了人服用五石散，也不算嚴重，那趙荼大批量的貨要運到哪裡去？」

歐陽昭一怔，兩師兄弟同時默然一會，齊聲道：「難道是藉著商船，運到其他省份?!」

「難怪這幾年趙荼忽然賺得盆滿缽滿……」崖繼之表情嚴峻，單手扶著下巴，道：「他在廣陽城如此大的動作，九龍幫豈會完全不知情？」他看了看師弟，道：「明日一早我倆去九龍幫問問，晚上待大鬼給你地址後，我們再去看看。」

歐陽昭呆了一呆，奇道：「師兄，你真讓大鬼救走小鬼？」

崖繼之哼了一聲，斜眼看著歐陽昭，道：「自然不是。他要我支開差役方便他救人，我們也可將計就計，設下埋伏把他拿下。」

歐陽昭立即明白，正要說話之際，忽聽遠處傳來馬蹄聲響，幾匹馬急奔而來。歐陽昭遠望過去，見來者正是岳秀琰，但見他神色慌張，下馬時見到自己更是臉色大變。

「發生什麼事？」崖繼之皺眉問。岳秀琰斜眼一瞥歐陽昭，低聲道：「大捕頭，請借一步說話。」

歐陽昭也自覺地走開，他回首望去，但見岳秀琰在崖繼之耳邊說了句話，後者聞言後臉色大變，大聲道：「什麼?!」他心情激蕩，身子一晃竟險些摔倒，岳秀琰連忙扶著，崖繼之過了一會才再說道：「你再說一遍！」

歐陽昭從來沒見過崖繼之如此反應，正踏前一步想上前詢問，卻又怕是什麼栽贓到他身上的案子，他滿腹疑竇，見崖繼之雙目通紅，激動得滿臉通紅，他心中漸感忐忑，一陣不安湧上心頭。

歐陽昭一直看著崖繼之的神色變化，他似乎沒有注意到，隨岳秀琰而來的兩名捕快相繼在其他捕快耳中低語。然後，所有的捕快的目光均自瞥向歐陽昭，他們有意無意地散開，不知不覺就把歐陽昭圍在中間，只待一聲令下便圍攻目標。

他們的動靜雖小，但歐陽昭何等觀察力？自然看在眼裡，但他不為所動，目光依然停留在師兄身上，停留在這個他最信任的人身上。

所有人，都在等一個人的反應。

隔了良久，崖繼之深深吸了口氣，他抬頭迎向歐陽昭的目光，咬牙道：「師父……死了。」

歐陽昭耳畔猶如響了一道霹靂，他的身子晃了晃險些摔倒，穩住身子後，歐陽昭沙啞著聲音問道：「怎麼……怎麼可能？」

「歐陽昭，束手就擒！」

就在崖繼之咬牙切齒地吐出最後一個字後，四周同時響起兵刃出鞘聲，所有捕快同時拔刀向著歐陽昭猛衝過去！

「！！！」

雖然一頭霧水，但歐陽昭絕不束手待斃，他身子一轉同時長劍出鞘，聽得白光抖動，連串兵刃相交聲如風鈴般響起。捕快手上單刀碰到歐陽昭長劍時，均覺輕飄飄的無從發力，勁力有如泥牛入海。只一瞬間，捕快們的單刀先後落空，全都劈在地上。他們從來沒有見過如此精妙的卸勁劍招，此時自己門戶大開，歐陽昭此時若要殺他們實在輕而易舉。捕快們還沒來得及驚懼，聽得身後傳來一聲長嘯，一道黑影從上方掠過直奔歐陽昭。黑影的主人正是崖繼之！

「師兄！且慢！」

崖繼之不由分說，對著師弟展開猛攻。

二人雖同出一脈，武功風格卻大相庭徑。

崖繼之沉穩務實，從來都穩守反擊取勝。

歐陽昭飛揚聰穎，攻勢綿綿如繽紛落櫻。

一交上手，捕快們只見兩道白花花的虹光閃爍不停，根本看不清兩個人的動作。在岳秀琰指揮下，眾人繼續把包圍圈慢慢縮窄，但礙於歐陽昭武功太高，他們也不敢過於接近。

不消片刻，二人交手已有數十招。他們自小一起投入彼岸門下，對招練劍何止千百次，但哪有一次是如此光景？

崖繼之悲憤下一反常態，捨棄守勢不停搶攻，歐陽昭雖然武功高於師兄，但心亂如麻下只能勉強擋格對方狂風暴雨的攻勢。

平日搶攻的穩守，平日穩守的搶攻，歐陽昭按捺不住心中委屈，大喊道：「師兄，我是被冤枉的！」他再擋了兩招，道：「至善師父呢？他必定能證實我清白！」

「至善師父也死了。」

崖繼之冰冷的語調如錘子般重重打在歐陽昭胸膛。歐陽昭胸口一陣翻騰，心神恍惚之間，右側不期然露出了破綻。崖繼之瞧準機會，一刀劈向師弟左方，逼他舉劍擋格之際，立即向右一邁，伸手來奪歐陽昭的長劍。

其實此時二人距離如此近，歐陽昭只要長劍一削，崖繼之的手掌就保不住了。但他如何捨得傷害師兄？加上他此時六神無主，右手瞬間已經被對方扣住脈門，崖繼之手一使勁，只聽「噹啷」一聲響，歐陽昭長劍應聲掉地。

圍觀的捕快看不清二人的動作，自不知道歐陽昭真正敗因，還道捕頭如此神勇，竟把南天神劍打敗。他們知道此事關係複雜，不敢多說話，岳秀琰拿著手鐐走到崖繼之身旁，等候命令。

兩師兄弟呼吸粗糙，雙目通紅，均沒從師父逝世這消息恢復過來。他們對望了好一會兒，歐陽昭淚如雨下，崖繼之從師弟眼中看出悲痛與冤屈，他也覺得事有蹊蹺，但還是從岳秀琰手中取過手鐐，扣住了歐陽昭雙手，道：「寺中唯一生還的小沙彌一口咬定你是凶手。」

歐陽昭長長嘆了口氣，直視著師兄，一字一字地道：「師兄，我是被冤枉的。」

但這次，卻沒有得到崖繼之的回應。他刻意避開歐陽昭的目光，別過了頭，以低得幾乎聽不到的聲音吩咐岳秀琰道：

「拿下吧。」

第六章　彼岸有罪

霞光散漫，紅彤彤的太陽被灰蒙蒙的厚紗擋在九天之外，天色由紅變紫，由紫化藍，待天色全黑，那如煙如霞的霧氣仍未消散。

西禪寺的大殿後方有一草蘆，彼岸大師就在此地修行。草蘆內點著數盞油燈，正忽明忽暗地閃爍。彼岸大師面如冠玉，即使已年過六十仍保養極好，至善與他年紀相若，但他看起來反似比前者年輕十年。東面的窗子敞開，千竹林的景色從窗戶望去盡收眼底，此時霧氣正濃，高高的竹樹套上霧氣，遠方的北秀山只餘黑壓壓的一片，這景色既有仙氣，又因氣氛壓抑帶著詭異。

彼岸閉眼冥想，忽然，他雙手一抖，深深吸了口氣，那些油燈上的燈火忽然似有氣勁帶動，苗頭齊齊指向了他。然後，彼岸雙手合十，緩緩吐氣，內勁吐出，四周的窗戶同時受氣勁衝撞而啪啪作響，但燈火卻挺得筆直，甚至比無風的時候更加穩定。

彼岸緩緩睜開雙眼，苦笑了一下，自言自語的道：「說好了修禪，最後還是老毛病發作練起功來。看來還是佛家修為還是不夠，怎樣都未能捨棄這身上的武功。」就在此時，一陣腳步聲從遠處傳來，腳步聲放得極輕，使得彼岸眉頭一皺，心道：「難道又是『他』來了？」他傾耳細聽，只聽步履穩健，腳步主人呼吸有序，他側頭聽了一會，喜道：「哦，原來是昭兒回來了！」

他內力修為已臻至化境，憑藉腳步聲已判斷遠處的是徒兒歐陽昭，他心道：「昭兒腳步沉穩，呼吸有條不紊，內力比起幾年前大有長進啊！」他估計徒兒得知自己正在閉關，所以故意放輕腳步以免打擾自己。想到歐陽昭的孝心，著實感動。

「咦？還有一人？那是誰？」

彼岸聽到西殿屋簷上傳來另外一陣腳步，果然，歐陽昭大喝一聲，道：「什麼人？」然後兩人一前一後就此遠去。

「昭兒終究心急衝動。」彼岸微微一笑，心想以歐陽昭性格，不追到那人誓不罷休。不知為何，他竟忽然想起十多年前後者堅持鏟除嶺南山賊的情景。當時只有十五歲的歐陽昭意志堅定，不顧他與崖繼之的勸阻獨自殺上山寨，此情此景今日彼岸依然歷歷在目。他深深嘆了口氣，只覺光陰似箭，轉眼間已經十年。

彼岸憶起舊事，忽然，他呆在原地，臉容倏忽繃緊起來，眉頭幾乎皺成一條直線。他飛快地站了起來，三步併作兩步的奔到東邊的窗戶往下望去，只見一條高高瘦瘦的人站在坡下。

彼岸只覺得這人影很眼熟，不知為何遁入空門的他竟臉帶激動地凝視著那道人影，而對方也剛好抬頭，正面看著彼岸。

一陣不知名怪風出來，灰蒙蒙的霧氣立即四散，二人終於看到彼此面目。彼岸見到那人長髮披肩，一張瘦骨嶙峋、如死人般煞白的臉孔，兩道由眼角延伸到臉頰的疤痕，這不是別人，正正就是殺死夏白的韓非！

韓非與彼岸大師隔著窗子互望，過了好一會兒，彼岸才嘆了口氣，喃喃自語地道：「要來的，終究要來。」他再向下凝視，發現韓非已不見蹤跡。彼岸凝神傾聽，聽得韓非已翻牆入寺，不過片刻已去到草廬門前。

「呀……」韓非推門而進。彼岸滿臉複雜的神情，又再嘆了口氣，道：「來，坐吧。」言罷自己已盤膝坐下。

韓非也不說話，恭謹地盤膝坐在下首，雙眼眨也不眨地看著彼岸，臉上沒有殺害夏白時的陰森可怖，也沒有誅殺海沙幫時又哭又笑的可怖神態，反是表情複雜，那雙眼光不斷流動，也不知想著什麼。二人互相凝視了好一會兒，韓非終於開口道：「你老了，老了許多。」

「那是自然。」

彼岸苦笑，從韓非進門以來他眼光從無離開對方半刻，過了半晌道：「你變了，變了許多。」

「那是自然。」

韓非淡然一笑，卻難以瞧出這笑容背後的情緒。

「多少年了？二十五年？」

「對，二十五年。」韓非雙手微微顫動，他緩緩吐出一口氣，竭力穩定自己情緒。這些彼岸看在眼裡，正要開口之際，韓非已道：「兩年前你受了傷，此刻痊癒了嗎？」

彼岸微笑點頭道：「也不是什麼大傷，休息幾個月就好了。」

韓非神情肅然，一字一字的道：「在我面前你也不用說謊。狂刀夏白全力的一掌，豈是幾個月就能康復？」

彼岸心中一震，這祕密他從來沒有跟人說起，對方居然如此說出，他愕然道：「我以為……」

「你以為你不說，就無人知曉？」韓非緩緩搖頭道：「你還是老樣子，一點都沒有改變。」

「這些舊日恩怨，沒有必要追究罷了。」

「就是舊日恩怨，才要追究。」韓非語氣漸變，眼神也似是漸漸變得堅定，道：「夏白所犯的過錯，包括打傷你的仇，我全報了。」迎向彼岸疑惑的目光，他續道：「海沙幫上下，包括夏白，我都殺了。」

驟聞夏白死訊，彼岸目瞪口呆，過了好一會才長長歎了口氣，搖頭道：「那天五弟前來問我有關九弟生意的事，我說我並不知情，順道勸他回頭是岸，不要再做河賊的勾當。豈知多年不見，一言不合他就馬上動手……真想不到，那天竟是最後一面。」

「回頭是岸？嘿！」韓非冷笑一聲，站起來雙目直視彼岸，森然道：「你應該猜到這天終究會來，你們曾經所做的惡事，終究要算清。」

「惡事……嗎？」彼岸喃喃自語，道：「自你離去後，我不斷反思你曾說過的話，可是我還是沒有得到答案。」

「不，你得到了答案，那是你一直以來的答案。否則你也不會教出一個歐陽昭。」

說著說著，韓非眼神中逐漸露出殺氣。

「昭兒滿腔熱血，品性馴良……」

「重點不是他品性如何，是他的所作所為。」韓非冷哼一聲，道：「就說你們，撇開你們當日的惡事不談，你且看看夏白與趙荼這些年來幹了什麼？」

「五弟落草為寇確實不對，可是九弟……」

「廣陽流傳的五石散，便是出自他手。」韓非冷冷地打斷彼岸的話頭，後者不知趙荼竟然幹出如此勾當，雙眸閃露一絲震驚，隨即無言而對地長長嘆了口氣。

忽然，彼岸想起了什麼，恍然大悟地「哦」了一聲，抬頭對韓非道：「剛剛……是你找人支開了昭兒？」

韓非不答，彼岸終於明白今夜對方前來的企圖。

「原來，今夜你來就是為了殺我。」

「嗆！」

彼岸話聲未落，寒光已然閃動，長劍一分為三，快如閃電般向彼岸上中下三路攻去。

彼岸不慌不忙，雙手一拂，衣袖連著內勁擊出，撞上韓非的長劍，發出「鐺」的一聲巨響，氣勁之強，把韓非撞得向後飛開。韓非乘著衝力向後急掠，腳尖在木板上一點改變方向，去勢從後變橫，他身法鬼魅之極，在狹窄的草蘆內踏牆而行，長劍從側面入手再次指向彼岸的咽喉。

韓非這招又快又狠，眼看手中長劍要劃破彼岸咽喉之際，忽聽「鐺」一聲響，長劍猶如被什麼兵器格擋住一樣。他定睛一看，只見彼岸氣定神閒，右手食中二指捏了個劍訣指向長劍，內勁從指中吐出，無形劍氣再次把韓非的殺招擋開。

連續兩次殺招被化解，韓非的臉色沒有絲毫波瀾。

他清楚自己面對的敵人有多厲害，夏白如是，彼岸也如是。

「嘴上說著修禪，手底下的功夫可沒閒著，終究把這以氣代劍的神功也練成了。」韓非陰森森地道，此刻的他已不見入門時的恭謹，濃厚的殺氣不停從他身上溢出，兩眸中的精光銳利如劍，他身形一展開當真來去無影，草蘆內狂風大作，似乎四處都是他的身影。

「神劍彼岸，罪該萬死。」

彼岸身處暴風中心，韓非的聲音如鬼魅般從四方八面傳來，但見他表情沒有絲毫變化，雙手各捏一個劍訣，由衷稱讚道：「你確實長進了許多，把伏魔劍演變至此，難怪能手刃夏白。這功夫得來不易，收手吧！」

韓非陰森森的聲音繼續從四周傳來：「你以為我殺不了你？」

彼岸輕輕歎氣，算是默認，韓非不怒反笑，道：「你該清楚我的脾性，越是難做的，我越要做成！」他口上說著，手下不停，長劍配合詭異迅速的身法，劍招直如天羅地網，把彼岸重重包圍，每一招均指向對方的要害之處！

彼岸臉上波瀾不動，暗裡大吃一驚，只因伏魔劍法乃少林七十二絕技之一，當年自己從少林寺還俗出山時，在這劍法上的造詣已稱得上超凡入聖，連達摩院主持在伏魔劍法上亦不如自己。之後收了韓非為徒，把自己在此劍法上的心得傾囊相授。韓非天資聰穎，當年已把精要全部學會。想不到多年不見後的今日交手，韓非竟另闢途徑，伏魔劍法本是法度嚴謹，正氣凜然，但此刻他所使的一招一式雖是同樣招數，卻變得邪氣大盛，詭異無比，偏偏威力不減反增，厲害至極。

彼岸心道韓非的武功今非昔比，若然留手自己恐怕真的會死在他的手上。彼岸立即雙手一抖，氣勁如錘子般揮向韓非面門，韓非一驚，立即抽劍後退，只見彼岸逼退他之後雙手合十，韓非登時覺得四處氣勁流動，彼岸竟似是一個漩渦一樣，把四處的氣勁吸收過去！房間中燈火的苗頭，再次同時指向彼岸，那氣勁之強，使得韓非也不得不停止動作，努力穩住身形！

韓非知道現在彼岸所使的已然與劍法無關，純粹是出自驚世駭俗的洪厚內力。他現在如落入網中的魚兒一樣動彈不得，雖已用盡全力穩住身形，但身子就如處於漩渦當中，被吸力漸漸拉向彼岸。他心知只要對方一吐勁，自己便會被澎湃的內勁冲走，心念急轉下，迅速立定決心，暗道：「沒有辦法，只能拼死一搏。」

彼岸見韓非漲紅了臉，忽然，件件舊事湧上心頭，彼岸心一軟，暗道：「他也只是走歪了路，畢竟……」還沒想完，胸前突然傳來一陣劇痛！

原來韓非放棄了抵抗，順著吸力迅速靠近彼岸，舉劍向著彼岸心窩刺去。碰巧彼岸走神，這一劍竟然得手！

彼岸劇痛之下立即吐氣，氣勁由吸轉放，凌厲無匹的內力如土石流般傾盆湧出！韓非就如激流中的一條小魚般身不由己，身子被氣勁衝得往後急飛，重重撞在草廬的木牆上，那牆壁受不了衝撞力，但聽「砰砰砰」的數聲巨響，草廬四面牆盡數倒塌，韓非摔在地上，口中鮮血狂噴！

彼岸從倒塌的草廬中縱身躍出，如神仙下凡般飄然落地。

韓非全身疼痛不堪，在地上掙扎地爬了起來，他知道這劍只刺進了對方胸膛一吋，只是皮肉之傷，心中暗叫可惜，他才剛剛站起，胸口翻騰不已，喉頭一甜，大口鮮血吐了出來。

彼岸並沒上前追擊，只默默凝視著韓非，搖頭歎了口長氣，語重心長地道：「非兒，回頭是岸啊！」

韓非又再吐了幾口血，努力地穩住巍峨的軀體，他聞言後朗聲長笑，滿口鮮血卻笑得前俯後仰，如癲如狂，過了好一會，他忽然止住笑容，臉色肅然，冷笑道：「彼岸有罪，何以我要回頭？」

二人相對無言，彼岸道：「你走吧，你雖然厲害，但還是殺不了我，也殺不了『他』。」

「難道『他』比你更加厲害嗎？不見得罷。」韓非一抹嘴角鮮血，冷笑回應。彼岸搖頭，柔聲道：「你現在的傷沒有幾個月也痊癒不了，他也不似得我……」

「不似得你會留手？」韓非苦笑著，道：「我主意已決，若殺不了你們，就要死在你們手上。再沒有另外一條路了。」

就在此時，至善等人聽得巨響，正從遠方奔來看個究竟。

韓非與彼岸目光相對，彼岸從前者臉上看出狡獪的微笑。

「不要！」

彼岸還沒說完，韓非人如飛蝗般向至善等人的方向撲去，彼岸見韓非要對至善等人不利，提氣急追，轉眼間已擋在了至善等人面前，喝道：「住手！」

「嘿！你雖能自保，但豈能在我手中保得住他們？」

韓非狂笑聲中，再次展現那詭異迅速的身法，從四方八面繞過彼岸，要攻擊他身後的至善和小沙彌，彼岸也同時施展身法，滴水不漏的把韓非所有劍招擋住。

至善和小沙彌猶如在一個暴風眼中，只見一黃一黑兩道影子在自己四周急轉，「叮叮噹噹」的兵刃相交之聲不絕於耳，四處狂風大作，二人嚇得目瞪口呆，相互捉緊了對方的手以求安心。

暴風持續了莫約一盞茶時間，忽然，黑影向後躍開，韓非輕飄飄的落在地上，一臉戲謔地看著眾人。

彼岸仍站在至善二人身前，不動如山。

至善與沙彌二人不通武功，看不出誰勝誰負，但若他們換個位置，就能看得出來了。

彼岸滿臉紫氣，一條漆黑的血絲從嘴角緩緩流出。他的臉上沒有憤怒、沒有驚愕，只有悲憫。

「劍上有毒。」

韓非戲謔點頭。

「對，你雖狂妄，但非魯莽。唉……我本應想到，以你性格，亦會知道自己受傷後絕不可能殺得了我，也不可能在我面前傷得了他們。」

韓非笑容依舊，再次點頭。

「你生怕我發現自己中毒，所以裝作要殺至善，故意使我著急，讓我沒空察覺不妥，你故意與我纏鬥，就是為了加速我毒發。」

韓非道：「你錯了，至善和尚我一定要殺。不然，我的計劃也進行不下去。」

彼岸長歎數聲，黯然道：「非兒，我不惱你殺我，我不惱你。」言罷雙目緩緩閉上，向前跪倒，就此斃命。

看著彼岸逐漸冰冷的軀體，看著他那慈祥的臉龐，韓非從冷笑，漸漸變成戲謔的狂笑。他的笑聲尖銳刺耳，就如金屬摩擦一樣讓人耳膜生痛，可是，只過了片刻，韓非的笑聲開始低了下來，變成皮笑肉不笑的假笑。

本是得意的笑聲卡在喉頭，似是要用盡力氣，才擠出一兩聲勉強叫做笑的聲響。

漸漸，韓非的笑聲又再淒厲起來，只是到了此刻，他的笑聲已變得哽咽，是笑？還是哭？不管是旁人，還是他自己，相信也分不清楚。

到了最後，淒厲的嚎哭帶著狂笑，尖聲刺耳的笑聲遙遙傳出，珠簾墜下般的淚珠落地無聲。

再過一會，韓非的笑聲戛然而止，他霍然站起，扭頭望向仍在一旁發抖的至善與小沙彌。他們倆早就嚇得雙腿發軟，坐倒在地，莫說要逃跑，恐怕連站起來的氣力也沒有。他們接過韓非的目光，不其然地心裡一陣發抖。

「再見了，師父。」

韓非一語既畢，然後右手一揚，長劍如流星閃過，沒入了至善的咽喉之中。至善一聲不吭往後便倒，嚇得身旁的小沙彌尖聲大叫，胯下更是濕答答的失禁起來。

韓非臉上恢復那戲謔可怖的笑容，對著小沙彌道：

「你，想活命嗎？」

第七章　九龍幫主

濃霧閉天，白茫茫的霧靄使天地連接成一片，看不見前路，望不清四周。天地萬物披上一層厚紗，氣氛壓抑如千斤重石壓在心頭，怎樣也驅散不了。

九龍幫總壇位於北秀山腰，依地勢而建，入口處一條長長石級，上到盡頭有塊龍紋牌坊，上書「九龍幫」三個大字。

過了牌匾便是幫中教場，青石板鋪成的練武場簡單而莊嚴，一尊尊龍九子石雕分立四方，幫內弟子均身穿墨綠色束腰勁裝，胸前的衣襟上有一條以銀線綉成的龍，弟子們腰板挺直，精神抖擻，目露精光。東西兩邊都是廂房，北面的大殿中，崖繼之坐在下首的椅子上，等待幫主陶鐵手。

大殿內陳設簡單，上首掛著一幅九龍爭珠圖，九條龍張牙舞爪，龍騰飛躍，栩栩如生。上方有塊牌匾寫著「九龍幫」三個大字。整個大殿裝橫雖不奢華，但配搭恰到好處，四處可見的龍紋木雕配上淡淡沉香，讓人感受到幫派應有的氣派與威嚴。

崖繼之愁容滿臉，過去一天接連四件大案，讓他煩惱不已。

昨夜拘捕歐陽昭後，他立即趕到千竹林看個究竟，待見到彼岸遺體時，見慣風浪如他亦不禁痛哭流涕，嚎啕大哭。全寺只有平日服侍彼岸和至善的小沙彌生還，據他所說，歐陽昭昨日夜訪彼岸，不知為何二人就打了起來，他與聽得巨響趕上來時，至善已經慘遭毒手。之後彼岸成功擊退歐陽昭，卻最後毒發身亡。

崖繼之努力壓下悲傷，細細盤問小沙彌。但見小沙彌臉色鐵青，嘴唇發白，身子不停發抖，顯是受驚過度，但仍能準確說出歐陽昭的相貌特徵，崖繼之反復盤問數次，小沙彌的口供均無矛盾之處。

所有證供指向師弟，崖繼之眉頭幾乎皺成一條直線。他走到後院查看足跡，發現凶手的足跡與殺害夏白的竟有幾分相似，雖然前路一片迷霧，但他總算看到一絲曙光。

「凶手就是屠殺海沙幫的人，試想昭弟向來孝順，怎會謀害師父？就算與師父有所爭執，他向來正直，怎會在劍上餵毒？但若是如此……此人為何大費周章，把所有證據指向昭弟？而且這小沙彌的供詞毫無破綻，難道也是受那人唆擺？還是……那人喬莊成昭弟的模樣行兇？」

越想越是心煩，此時，一陣腳步聲傳來，打斷了崖繼之的思緒。

一名老者從後堂走了出來，道：「賢侄久等了！」老者聲如洪鐘，白髮如雪，鼻如鷹嘴，劍眉入鞘，神威凜凜。他年紀雖大，但雙目炯炯，比年輕人更加靈動。崖繼之站起來拱手道：「晚輩拜見陶幫主。」

陶鐵手面露微笑，他表情威武嚴肅，不怒而威，即便笑著也讓人望之生畏。他一把坐在上首的位子上，崖繼之隨即坐回自己的位子上，陶鐵手道：「尊師過世一事，老夫今日已有所聽聞，賢侄還請節哀順變罷。」

崖繼之黯然，拱手道：「多謝陶幫主關心。」

陶鐵手問道：「今日城中百姓傳得沸沸揚揚，說行刺尊師的兇手就是歐陽昭，請問賢侄，此話當真？」

「目前的證據確實指向歐陽昭。」崖繼之雙眉稍稍垂下，低聲回應。陶鐵手左手摸了摸下巴的銀白長鬚，奇道：「歐陽昭行事素來光明正大，且他乃彼岸大師膝下高徒，何以忽然會對師父痛下殺手？此事也當真匪夷所思得很。」

崖繼之搖搖頭，也不知從何說起，但聽陶鐵手又道：「昨日陽江上趙家商船海沙幫的血案，又是指向了歐陽昭，他當真如此心狠手辣？還是有人栽贓嫁禍？」

崖繼之微微一愣，他望向陶鐵手，見到對方神情不似作偽，便問道：「陶幫主也認為歐陽昭遭人嫁禍？」

陶鐵手搖頭道：「老夫也不敢胡亂揣測。只是他向來行俠仗義，從未作過半件惡事，在廣陽一帶素有俠名，不像是如此不忠不義的奸詐之徒，所以老夫覺得奇怪罷了。」

崖繼之道：「說起海沙幫的血案，晚輩正要請教陶幫主。」他頓了頓，續道：「廣陽碼頭守衛森嚴，所有護衛卻無一生還。夏白的海沙幫雖不是什麼大幫，但也全軍覆沒。能做到此事的，要不就有一幫人、要不就武功絕頂高強。若論後者的話，歐陽昭固然是其中之一，但廣陽城中有這能力的人……」

「哦？」陶鐵手直視崖繼之，道：「賢侄是在懷疑老夫？」

「不敢。」崖繼之站起來一拱手，道：「陶幫主俠名遠播，若然你是嫁禍歐陽昭之人，也不會有剛才的一席話了。只是想到廣陽城中有此能耐的人確實不多，還望陶幫主原諒晚輩無禮。」

陶鐵手哈哈一笑，指了指崖繼之，讚道：「好一個不卑不亢的捕神崖繼之，彼岸有徒兒如此，九泉下也安心了。」他頓了頓，答道：「守衛趙員外碼頭的武師都是本幫弟子，就算老夫貪圖趙員外的貨物，又怎會忍心對自己的弟子下手？」

崖繼之自是早就查出趙荼聘請九龍幫弟子作守衛，此刻他佯作不知，長長地「哦」了一聲，續問道：「原來被殺的趙家守衛都是貴幫之人？想不到陶幫主與趙員外關係挺好？」

陶鐵手輕輕嘆了口氣，道：「也算是認識多年了吧。」他稍微一頓，道：「九龍幫前身乃是鏢局，趙員外算是老客戶了。再者，九龍幫也是靠護鏢生意維持生計，趙員外乃廣陽大戶，自是多少有點交情。」

崖繼之「哦」了一聲，道：「難怪兩年前的西禪寺大火後，陶幫主會聯同趙員外修葺西禪寺。說來此事晚輩還沒謝過兩位呢。」說到此處作了個躬，想起彼岸，一陣悲戚湧上心頭。陶鐵手輕輕拍了拍對方肩膀，要說什麼安慰的說話，崖繼之卻忽然問道：「晚輩心中不解，還望陶幫主賜教。家師名聲在江湖上雖是響亮，卻不是什麼得道高僧。趙員外又不是江湖人，何解會如此熱心幫忙？」

陶鐵手愣了一楞，似是不虞對方有此一問，頓了頓才道：「老夫也至今想不透原因。」他放開搭在對方肩上的手，道：「加上趙員外他向來……節儉。當時要幫忙修葺西禪寺，老夫也嚇了一大跳。」

趙茶在廣陽是出了名的吝嗇成性，崖繼之聽得陶鐵手婉轉說起，不期然笑了一笑，順勢問道：「難道說趙員外生意近來興隆得很？」

陶鐵手沉吟不答，崖繼之繞了一圈，終於去到自己想問的問題：「趙員外不願透露遺失的貨物到底為何物，既然貴幫有弟子作碼頭守衛，陶幫主……」

崖繼之故意頓了一頓，一字一字地問道：「應會略知一二吧？」

陶鐵手凝視著崖繼之半晌，嘆了口氣，道：「本幫弟子都只是充當守衛，絕不過問貨倉裡裝著什麼。但說句實話吧，這幾年趙茶確是風生水起……」忽然，陶鐵手臉色變得凝重起來，一字一字地道：「碰巧的是，廣陽城服食五石散的人每年遞增，老夫當時就懷疑，趙茶賣的就是這些害人之物。」

崖繼之心頭一震，臉上卻不動聲色，試探地道：「趙員外竟然售賣五石散？實在讓人難以置信。」

陶鐵手點頭道：「老夫也只是猜測而已，廣陽近年流傳的五石散，與以前的大有不同。」

崖繼之奇道：「願聞其詳。」

陶鐵手道：「五石散每方配方都有不同，多數也是讓人血脈亢奮罷了，但近年流通的，卻是會使服用者產生幻覺，久服成癮。這方子老夫只曾聽過在暹羅流傳……」

「暹羅！」崖繼之驚呼出來，道：「趙員外乃城中少數經商至暹羅的……」

陶鐵手點點頭，道：「老夫曾差人明察暗訪，卻都一無所獲，所以還只是心下生疑，不敢妄下判斷。」

崖繼之想起歐陽昭對他說趙茶倉庫的事，問道：「若趙茶當真做五石散的生意，他把貨物放到哪了？廣陽碼頭倉庫？還是……有別的倉庫呢？」

陶鐵手搖頭道：「老夫也查過，但還是毫無頭緒。」

崖繼之再詢問幾句，發現再問下去也不會再有什麼有用的情報，於是就此別過陶鐵手，離開九龍幫。陶鐵手把崖繼之送到門外，道：「賢侄，今日所說之事，純是老夫猜測。若無證據，老夫也不欲冤枉好人。」

崖繼之聞言想起現在獄中的歐陽昭，心道：「就算所謂證據確鑿，也不見得沒有冤枉。」他拱了拱手，道：「晚輩曉得了，找到證據之前，今日所談之話晚輩會守口如瓶。」言罷也就離去。

待崖繼之的背影消失眼前，陶鐵手臉色突變，本來威嚴正氣的臉龐忽然陰晴不定，他轉身走入後堂，向身旁一名手下問道：「藏好了嗎？」

那弟子略帶驚懼地點點頭，陶鐵手面如寒霜地冷哼一聲，回憶起前日晚上的事情。

那天接近子夜，忽然一封信箋飛進陶鐵手的房間，上面寫著：「貨物被盜，陽江，急救。」陶鐵手當時心頭一震，但他向來小心，立時心下生疑，只帶了兩名心腹悄悄沿著陽江而行，過不多久，就看到冲上岸邊的趙家商船，看到了滿船的屍體，看到高高挂在船桅上夏白的屍身，看到甲板上嫁禍歐陽昭的血字……

還有擺放在岸邊、齊齊整整的二十五個箱子。

「海沙幫劫五十箱，余已代陶幫主全數取回。先歸還一半，剩餘待幫主與趙員外商討何價取回。」

陶鐵手看著這封字條，雪白的眉毛幾乎皺成一條直線，他心道：「我與趙荼的關係，何以被人知曉，此人又是何人？剩下的貨又在何處？」

此時，其中一名弟子走了上前，低聲問道：「幫主，要通知趙員外嗎？」

陶鐵手本欲應允，忽然，一道靈光在他腦中閃過，連忙擺了擺手，森然道：「不！千萬不要……」他一邊想著，一邊以低得自己才能聽到的聲音道：「趙荼啊趙荼，反正你已富甲一方，這些貨你不要也罷。海沙幫全軍覆沒，此處又留下歐陽昭的名字，必定驚動官府，你若被崖繼之盯上……」腦袋急轉，頃刻間已有了計劃。

「趕快把貨搬回總壇。」陶鐵手冷笑道：「獨食難肥，你怪不得我。」

回到此時，陶鐵手知道崖繼之遲早會找上門來，早就想好托詞把疑點全部推向趙荼。此刻心思全部放在剩下失蹤的貨物上，他雖有全盤計劃，但始終不知何人盜走貨物，心裡終究不踏實。他在腦海中整理思緒，心道：「先是趙荼貨倉被劫，然後到夏白，再然後到彼岸……」

想到此處，陶鐵手臉色突變，一雙白眉皺成直線，心道：「先是夏白，然後是彼岸，還有趙茶的貨？這絕非巧合！莫非這與二十五年前的事有關？」想著想著，陶鐵手腦中靈光一閃，登時恍然大悟：「難道是他？是他回來了？」

陶鐵手背梁一挺坐直身子，托著下巴細細思考。待想通來龍去脈，陶鐵手猜到這神秘的兇手便是韓非，立即朗聲大笑出來。

既已猜到對方身分，陶鐵手再也不懼，他目露兇光地自言自語道：「韓非嗎？老夫就看看你什麼葫蘆賣什麼藥，若你不知天高地厚，硬要太歲頭上動土的話……」

「就看我的鐵手如何追了你的狗命！」

在回衙門的路上，崖繼之只覺得自己似是被人監視一樣，他緝捕能力高強，要不怎會被稱作捕神？很快，他找到暗中跟蹤他的人。於是他拐入一條巷子，躲在暗處，果見那人跟來。崖繼之迅速出手，一把捉住了那人的手臂，喝問：「誰？」

那人被捉，但覺手臂如被鐵鉗夾著一樣，痛得立即大叫出來。崖繼之定神一看，這人竟然是廣陽大鬼！崖繼之冷哼一聲，一言不發盯視大鬼，他知道對方與歐陽昭的交易，本來他想裝作按大鬼所說，召集所有捕快前去趙茶的倉庫，然後其他捕快偷偷從小路回去捉拿二鬼。卻想不到這計還未實施，大鬼已經撞上來了。

「崖繼之！你放手！」

「說！為何要跟蹤我?!」崖繼之暴喝一聲，大鬼的耳膜登時生痛。大鬼求饒道：「我……我能證明彼岸不是歐陽昭殺的！」

「?!」崖繼之一驚，立即鬆開了手，揪著大鬼的衣領，用力把他撞在牆上，喝道：「你說什麼？」

大鬼痛得哎喲叫了出來，道：「昨夜……昨夜是我把你和歐陽昭引到月牙灣村，當時……當時彼岸大師還健在！」他見崖繼之面如寒霜，不待對方詢問，立即便說出自己意圖：「我……我願意作人證，證明歐陽昭清白，還……還會告訴你趙荼收藏五石散的倉庫地址，只要你……只要你釋放小鬼，這一切都好說！我大鬼在此立誓，若你放了小鬼，廣陽二鬼從此不再犯事，如違此誓，要我倆天誅地滅，不得好死！」

崖繼之冷哼一聲，明知故問道：「歐陽昭跟我說趙荼有個神祕倉庫，原來就是你告訴他的？」大鬼連連點頭，崖繼之把他放下，喝道：「快說！」

面對年輕的歐陽昭大鬼尚且膽敢討價還價，但對著鐵面無私的崖繼之，他哪裡還敢多說半句廢話？崖繼之凌厲的目光一掃過來，大鬼立馬便道：「就在三灣村以北的天后廟，去到天后廟之後向東行，莫約十里路就是倉庫所在。」

崖繼之心道：「那天后廟廢棄已久，確實偏僻得很。」他依然面無表情地望著大鬼，唬得對方膽顫心驚，連聲道：「千真萬確！沒有半點作偽！」

「諒你也不敢，走吧！」

「那舍弟……」

「等這事結了案再說！別要我現在就把你捉回去跟小鬼團聚！」

崖繼之暴喝聲中，大鬼立即飛快離開，他輕功本高，此時又如驚弓之鳥，頃刻間已消失無蹤。崖繼之望著大鬼的背影，直到完全消失眼前後，方才回過身繼續前往衙門。他一路想著大鬼給予的情報，又想著適才陶鐵手所說之事，雖說此行似有所得，但卻讓他釋懷不了。

只因他今日探聽到的，均只指向了趙茶，縱使把趙茶繩之於法，也只搗破了廣陽城五石散背後的賣家，還有為月牙灣村的村民昭雪。但歐陽昭依然被嫁禍，殺彼岸的兇手依然在逃，崖繼之卻是無計可施，什麼都做不了。

他深深歎了口氣，暗道：「也只能見步行步了。」

第八章　趙家蒙難

天色灰蒙，霧氣連天，陽江的浪濤卻不會因此平靜。波浪起伏，一艘小船從北方而來，順著江濤一起一伏。

船上除船夫外另有二人，一人年約三十，他閉著雙眼盤膝打坐，身旁放著一柄長劍。這人滿臉英氣，正氣凜然，他頭上雖留有頭髮，但額上髮根處仍隱約見到幾個圓形的戒疤。另一人是名年約十四五歲的少年，他腰間也懸著一柄長劍，只見他四肢修長，身材瘦削高挑，臉上雖仍帶稚氣，但眉宇間卻有異常耀目的神采。

「師父，看到岸了！」少年興奮地回過頭，手舞足蹈地對著師父大聲喊道：「我們快到廣陽了！」

那師父睜開雙目，瞧向弟子，然後微微一笑，道：「非兒，不必浮躁，凝神屏氣，待會見得各位師叔師伯，莫要失了禮數。」

少年對師父的話不以為然，打了個哈哈敷衍過去，笑道：「弟子在師父門下多年，今日終有機會出來鋤強扶弱，行俠仗義，還能見到師父的結拜兄弟，焉能不興奮？」

師父笑著歎氣，這徒兒天資聰穎，乃學武奇才，現在年紀輕輕，但身手已經十分不凡，別說一般的江湖中人比不上他，就連成名高手如自己幾個結拜兄弟，恐怕也不比這徒兒強很多。但他聰明是聰明，卻總是飛揚跋扈，片刻不得安寧。

師父遠望過去，但見小船漸漸駛近岸邊，問道：「船夫，不是應該去碼頭嗎？」

那船夫答道：「這位先生有所不知，這幾年廣陽附近有南海河賊作惡，不少商船都著了道。雖說那些河賊也看不上小的這破船，但也怕殃及池魚啊。」說罷指了指岸邊，道：「兩位客官，下船後沿著大道向北行，不過一個時辰就到廣陽了。」

那少年笑道：「你儘管駛去碼頭便可，不必害怕，有我們在，哪有河賊敢動你一根寒毛？」船夫打了個哈哈，回頭望著師父，面色為難地道：「小的還是怕死，這位相公高抬貴手，讓你徒兒放過小的吧。」

少年略有不滿，道：「不要叫我師父相公，他在江湖上可是大名鼎鼎的彼岸神劍，好歹也要叫他一聲大俠……」

彼岸責備道：「非兒，不得無禮。船家，你靠岸就行，不必聽我徒兒亂說。」那船家如見救星，連連點頭作躬，連聲道：「多謝大俠，多謝大俠。」

二人下船後依照船夫指示找到大路，轉向北行，路上彼岸忽然道：「非兒，旁人如何稱謂，你也不必太過在意，名利乃身外之物，切莫過分執著。」

少年心中雖然不服，但仍道：「師父說得自是有理，弟子記住了。」彼岸斜眼看看徒兒，微笑道：「你心中不服，又何必說違心之言，罷了，這些道理你日後自然會懂。」

少年轉換話題，道：「師父，你剛才也聽到船夫所說了，看來廣陽城當真深受南海河賊所害，連這小船家也不敢靠近，更何況是商旅？」

彼岸點了點頭，道：「是的，據九弟所說，那幫河賊共有十二名當家，個個都武功高強，也不知道他們怎樣招兵買馬，整個山寨人數眾多，竟有好幾百人。城中每家每戶，甚至附近的村落，都要按時進貢。有些沒有進貢的，或是反抗他們的，都被害得十分淒慘。輕則殺幾個人立威，重則是整條村落的滅頂之災。」

少年奇道：「官府居然無能至此，放任河賊不管？」

彼岸道：「河賊人數眾多，又是武功高強，官府討伐了幾次都傷亡慘重，之後就不管了。」

少年憤然道：「如此官府，要他何用！」彼岸嘆了口氣，續道：「趙荼兄弟乃廣陽城中富賈，一來家裡面的生意大受影響，二來確實見到廣陽城百姓水深火熱，才會叫我們八兄弟齊集廣陽，前往討伐河賊。」

說到師父的結拜兄弟們，少年又恢復興奮的神色，問道：「師父，你的八名結拜兄弟，都像你一般俠名遠播、武功高強？」

彼岸哈哈一笑，道：「非兒，武功、名聲尚在其次，他們都是滿腔熱血的好男兒。」二人一邊說著說著，眼看廣陽城的城門就在眼前。少年忽然聽得身邊有人喊道：「是二哥到了！」然後又有幾把聲音道：「欸！那少年就是二哥信中常常說到的徒兒嗎？」

少年循聲望去，但見道旁有八個身材不一的漢子向著自己走來，為首之人身材高大，一張國字臉不怒而威。彼岸迎過去，叫道：「大哥！各位兄弟！」與八人寒暄幾句，少年見到眾人的目光轉向自己。

彼岸向他招手，道：「非兒，你過來。」少年依言走前，彼岸道：「這幾位就是師父常說過的結拜兄弟。」

少年走了上前，看著剛才為首那威嚴的漢子，滿臉敬仰地道：「這位必定是鐵手追命陶鐵手師伯。」然後望向陶鐵手身旁一名腰間掛著軟鞭的漢子，拱手道：「鬼鞭蜈蚣吳恭復師叔，這位必定是追風杖宋潮風師叔……」

他逐一稱呼過去，彼岸眾兄弟面面相覷，驚愕莫名。只因少年才首次與眾人見面，事前彼岸亦無逐一介紹，但他居然能夠鉅細無遺地按著眾人長幼順序逐一稱呼出來。

「二哥，你的徒兒果然如你信中所說，聰穎得很啊！」身穿華服的漢子由衷讚道，彼岸笑道：「趙茶兄弟，別誇壞他了。」

「眾位師伯師叔。」少年深深一躬，既是恭敬，又略帶傲氣地道：「韓非參見。」

※※※

韓非睜開眼睛時，已是午後。

他正身處城郊一家廢棄的洪聖廟內歇息，夢中憶起舊事，他緩緩坐起，輕輕呼了口氣。忽聽推門聲響，一人從外而進。韓非沒有過大的反應，只因他知道來者是誰。

「我已按你吩咐，把趙茶貨倉地址告知崖繼之了，下一步呢？」推門而進的，正是大鬼。他看著韓非的臉，略帶懼色地說著。

韓非沉吟半晌，道：「你待會到城中的賭場也好，妓院也罷，總之就把崖繼之查到貨倉地址這消息悄悄透露出去。」大鬼似懂非懂地點了點頭，然後過了半晌，問道：「如此……如此真的可以把小鬼救出來？」

韓非笑了笑，道：「崖繼之急於幫歐陽昭翻案，定會帶領所有差役前往倉庫，城中差役數量將會大減，救不救得了那還要看你的本事。」他一邊說著，一邊站了起來，再吩咐了大鬼幾句，後者猶豫半晌，最後還是點頭離去。

韓非也站了起來，走出廟外，但見天上灰蒙蒙的一片，又是雲，又是霧，空氣中瀰漫著壓抑，也瀰漫著肅殺。

他的目光漸變陰冷，嘴角微微牽起一抹冷笑，自言自語地道：「這天氣與二十五年前一模一樣。趙茶，今夜就是你的死期了。」

※※※

趙茶家族代代行商，早年從北面遷移至嶺南，來到趙茶已是第五代。

趙家的大院位於廣陽城西南，坐西面東，北眺北秀山，南望陽江，地理環境相當優越。門外側有栓馬柱和上馬石，進入趙院大門便見到一磚百壽圖照壁，一條長達一里的石鋪甬道把六個大院分為南北兩排。

甬道兩側靠牆有護坡，西邊盡頭處有一祠堂，與大門遙遙對應。院內除了主樓，門樓、更樓、眺閣、佛堂應有盡有，各院房頂上盡數有走道相通，用於巡更護院。整個趙院亭台樓閣，雕樑畫棟，精緻的彩繪石雕在院中隨處可見，近年趙茶大富大貴後更四處購入名貴工藝品，使得趙院的氣派甚至比廣陽知府府邸還要華貴。

西面書房中，但聽「噹啷」一聲，白瓷茶杯摔在地上化成碎片，溫熱的上好鐵觀音灑了一地。趙茶的怒吼聲從房內傳了出來：「你說什麼?!崖繼之竟查到了天后廟的貨倉地址？」

趙茶的幾個心腹見主子勃然大怒，紛紛低頭不敢回話，領頭的硬起頭皮，囁囁道：「這是賭場裡的兄弟探聽到的消息，應該錯不了……」

趙茶心道：「那貨倉甚是隱秘，崖繼之這廝怎會查得出來？通風報信的又是何人？」他連日內背運纏身，本已心亂如麻，五內如焚，聽到這個消息，怒氣沖昏了趙茶的腦袋，此刻他腦中一片空白，只自言自語地道：「他媽的，一波未平一波又起，若被崖繼之查下去，恐怕連月牙灣村的事也會被查出來……」

此時，忽然聽得身後窗子傳來幾下敲打聲，趙茶微微一怔，然後對手下揮揮手，粗聲粗氣地道：「你們且退下，讓我好好想想。」手下巴不得他這樣說，連忙退出書房外。

趙茶走到窗前，輕輕打開一條縫隙，一個身穿黑衣的男子站在窗後，低聲道：「趙員外你好。」趙茶認得這是陶鐵手的手下，點頭問道：「陶幫主有何吩咐？」果見那人壓低聲線道：「趙員外，幫主剛剛收到消息，崖繼之已查出天后廟貨倉地址，要小的立馬前來知會員外。」

趙茶早有心理準備，故作鎮定地「嗯」了一聲，問道：「大哥……陶幫主有何指示？」男子道：「幫主也是剛收到消息，沒有特別交待什麼，只說……」說到這裡，男子故意壓下聲線，道：「若放任崖繼之查下去，終究會被他查個水落石出，倒不如……」他橫掌放在脖子上輕輕一拖。趙茶渾身一震，默然不語，男子道：「陶幫主要我說的就這麼多，趙員外，珍重。」言罷就轉身翻牆離去。

趙茶對陶鐵手的指示心中七上八下，拿不定主意，但他終究有一定閱歷，稍稍平復心情，便呼喚手下進來，吩咐道：「你們幾個，立即去監視崖繼之，有任何風吹草動，立即回來通報！至於你們幾個，把所有兄弟領過去倉庫把貨物運走！」

手下相視一眼，各自心道：「此刻已是午時，貨倉裡的貨物雖不如廣陽碼頭的多，但頃刻間如何能運得走？」但他們見主人此刻怒髮衝冠，誰都不敢去觸這個霉頭。趙茶再思索一會，也想到此刻才運走貨物為時已晚，但這些均是白花花的銀子，若有什麼閃失，他的損失可是不敢想象。

看著趙茶煩躁地在書房裡走來走去，去監視崖繼之的幾名趙家手下機警地趁機告退，被安排到貨倉的同僚心裡面恨得癢癢的，心道：「你們幾個真的走狗屎運，現在我們走也不是不走也不是。若被崖繼之碰上，這樣數量的五石散可是死罪一條啊！」

過了一會，趙茶一咬牙，終於下了決定，道：「你們能搬多少就多少，盡量再日落之前把貨運走。搬不走的，就一把火全燒了吧。」

才剛剛說完過了一會，傳來一陣腳步聲，來者竟是剛剛被派去監視衙門的手下！那手下撲在趙茶跟前，喊道：「主人，大事不妙了！崖繼之已經領著捕快向著倉庫方向出發了！」

趙茶縱使早有心理預備，腦子還是如被錘子重重敲打了一下。他咬牙道：「好一個崖繼之，來得如此的快?!」

「主人，現在怎麼辦？」

趙茶默然，雙手負後抬頭閉眼思考，手下不敢打擾，過了一會趙茶打開眼簾，那眼神凌厲得讓人心底冒出一陣寒意。

陶鐵手的建議不停在他腦海中出現，趙茶終於立下決心，咬牙道：「你們分開兩批，先是跟蹤著崖繼之，另一批去找陶幫主借點人……我今天就要把崖繼之的性命擱在天后廟!!」

待手下全都離去後，家丁才敢從門外進來清理在地上的碎瓷。趙茶歎了口氣，走出書房，經過花園回到住處。一把孩童叫喊聲從前方傳來，一名年約十歲的女童從房內奔出，撲到趙茶懷內，叫道：「爹爹，你來啦。」

趙茶輕輕撫著女童的頭髮，強把心中鬱結壓下，柔聲道：「對，爹爹來喇！」他一邊笑著，一邊輕輕掐掐女童的面孔，道：「彤兒今天乖嗎？可有好好學習？」

趙荼與妻子梁氏膝下有兩子一女，兩子皆已成年，幫趙荼打理家族生意，這小童正是幼女趙倩彤，她吐了吐舌頭做個鬼臉，嬌嗔道：「爹爹一見面就問這個，也不陪彤兒玩玩。」

趙夫人從房間裡走出來，她見到丈夫強作歡笑，實則眉頭深鎖，連忙走上前去，對著趙倩彤道：「彤兒，你不見爹爹才剛忙完嗎？你自己先去玩兒，娘親回頭就來陪你。」趙倩彤千般不願，趙氏夫婦又哄又勸，她最後才扁著嘴兒自己到花園玩去。

送走了女兒，趙夫人陪著丈夫進了房間，見趙荼面如玄壇，連忙走上前去，輕輕撫著丈夫右手，柔聲問：「怎麼了？」

趙夫人對趙荼在外面的勾當毫不知情，後者也不願妻子知道自己做這些不法之事，強作鎮定輕拍妻子手背，道：「沒事。」

「這幾天你總是心緒不寧，是生意上有什麼煩心事麼？」

「嗯，就是日前被盜的那批貨，還沒尋回罷了。」趙荼微笑回應，但難掩眉頭之間的憂色。妻子看在眼裡，輕揉趙荼的眉頭，道：「咱們老夫老妻了，還需要隱瞞我嗎？」她對著丫鬟道：「還不趕快去給老爺再倒一杯茶？」趙荼知道是妻子故意差開下人，果然丫鬟全都退下後，趙夫人輕聲道：「是以前的麻煩事嗎？」

趙荼歎了口氣，低聲道：「我日前被劫的那批貨，是夏白幹的。」

趙夫人驚呼一聲，她雖不至於對外界不聞不問，但始終處於深閨，夏白又是故意隱瞞她，所以今日才聽到這個消息，訝道：「五哥?!怎麼可能?!」

趙茶惱道：「他劫我貨物，你怎麼還叫他作五哥?!」

趙夫人「嘖」了一聲，道：「哎喲，當年的事情，咱們也不見得全對。也怪不得五哥跟我們反目，更何況這麼多年都叫慣了，怎能說改就改。」

趙茶道：「那些年你又並非不知咱們有多拮据，怎會有多餘錢給他？說反目就反目，還真枉對了我們的交情。後來他成立了什麼海沙幫，還以為他混得好好的，嘿！想不到還來劫了我的貨！這傢伙當真死不足惜！」

「哎喲什麼死不足惜，都是老朋友了，他劫走你的貨，說不定也只是出口氣而已，你就跟他見面商討一下，五哥向來口硬心軟，說不定能夠化干戈為玉帛，兄弟倆一團和氣可不好麼？」趙夫人語重心長地道：「你剛剛自己都說了，多少年交情啊？」

趙茶明白妻子好意，唯獨他的貨是什麼自己心知肚明，但說起這個話題，不由得憶起舊事，長長歎了口氣，他輕輕搭著妻子肩膀，道：「不是我亂說，夏白他真的死了。」

「什麼?!」趙夫人渾身一震，差點摔倒，趙茶連忙扶著，趙夫人手足酸軟，怔怔的望著丈夫，淚水奪眶而出，道：「你……你殺了五哥?!」

趙茶見妻子落淚，連忙解釋道：「我何德何能殺得了狂刀夏白！」言罷就把日前海沙幫血案的事情告知妻子。

趙夫人泣不成聲，待聽到船上留著歐陽昭的名字後，問道：「歐陽昭？那不是二哥的徒兒嗎？」

「嗯，是的。」

「二哥的徒兒，怎會殺了五哥呢？」

「我怎麼知道！」趙茶晦氣地道：「這事情複雜得很，夏白不但死了，我的貨物也不翼而飛！我現在也是一頭霧水！」

趙夫人見丈夫發怒，也不再多言，她嘆了口氣，抹乾眼淚轉身出房。趙茶急道：「夫人，你去哪？」趙夫人轉頭道：「我去佛堂替五哥念經。你和他翻臉，我可沒有。」言罷頭也不回出房去了。趙茶本欲順道告訴妻子彼岸死訊，但見到她的反應，最終還是沒有說出口來。

趙茶獨自在房間思考。他想起很多舊事，還有很多舊人，想到了妻子，想到了兩個兒子，還想到了最疼愛的閨女。

當他的思緒去到近日之事時，忽然一陣愧疚湧上心頭，趙茶心道：「這些年來，難道我做錯了？」

原來，趙茶自二十多年前接手家族生意後，他畢竟不是做生意的材料，家道逐漸衰落，去到五六年前的生意更是黯淡得很。後來陶鐵手找上了他，開始做五石散的生意，諷刺的是開始這生意後竟賺得盤滿缽滿，也不知是風水輪流轉還是怎樣，連帶其他生意也漸見起色，這幾年間終於把趙家的家道推至頂峰。

趙茶本性不壞，只是一直利欲熏心，此刻忽然想道：「即使不再沾手五石散，我還有其他生意，再泥足深陷下去，早晚像五哥……夏白這般丟了性命，夫人與倩彤豈非就變成了孤兒寡婦？」想到這裡，才想起半個多時辰前吩咐手下幹掉崖繼之，話既出口，再也收不回來，趙茶搖頭嘆息，心道：「算了，之後慢慢退出這趟渾水就是了。反正這也是大哥的意思。」

「二哥啊，是你的徒兒逼我的，怪不得小弟啊！」

空氣中彌漫混濁的氣息，趙茶長長嘆了口氣。

他尚不知道，一場殺戮即將來到他的府上。

趙茶走出臥室時天色已黑。他抬頭望向夜空，但見濃霧鎖月，心道：「這兩天也真是的，這該死的霧什麼時候才散？」他緩步走過大院，想起嬌滴滴的幼女，煩惱的心思頓覺一陣甘甜，心想這兩天煩惱得很，也沒多陪女兒。看看天色，心想女兒定在大院用膳，於是便轉向前往大院。

趙茶一路走來，沿途竟看不見一名家丁丫鬟，連護院也看不到一個，心中正自奇怪時，已然去到大院前。趙茶見到兩名護院在門前面朝著內廳靠著柱子一動不動，姿勢極其古怪。他眉頭一皺，暗道這兩人當真過分，竟明目張膽地偷懶。於是走上前去，乾咳兩聲，怎知二人仍背對自己，毫無反應。

趙茶勃然大怒，伸掌拍向其中一人，喝道：「你在幹什麼！」

豈知，趙茶一拍之下，那人應聲便倒！趙茶嚇了一跳，凝神望去，只見這護院咽喉處有道明顯傷痕，雙目圓瞪，原來已然斃命！他連忙轉頭查看另外一人，亦是如此。

趙茶一陣慌亂，他細心一看，只見兩條柱子上各有一個劍洞，看來二人均被一劍穿喉，那劍穿過人體後更能在柱子上留有劍痕，可想而知兇手的劍法有多凌厲！趙茶如遭電擊，汗流浹背，連忙沖進大院，大院空空蕩蕩，裡面躺著數具僕人屍體，並無趙倩彤在內。

饒是如此，趙荼後背已沾滿冷汗，他想起了妻子，轉身向著佛堂疾奔過去。別看趙荼身材肥胖，身手卻是利落得很，幾個起落已奔過了兩個院子，向著祠堂旁的佛堂跑去。

沿途萬籟無聲，要知道趙院連上護院少來也有五六十口，就算是除去派去貨倉的心腹，還有二三十人，怎會安靜如此？趙荼眺望更樓，隱約看到上面的護院也已倒在地上，甬道兩側也不時見到丫鬟護院一動不動的屍體，趙荼越看越是心驚，暗道：「剛才血跡仍新，那人該下手了不久，只是我雖然在房裡，但卻能神不知鬼不覺的來到趙院大開殺戒，此人到底……」越是想著，心中越是擔憂妻子女兒。

思緒間，趙荼已經來到佛堂，只見一名身材高瘦的黑衣人一臉邪笑地坐在佛堂前的階級，四周火把映照下，那人兩道由眼角到臉頰的疤痕猶如黑色的淚水，配合那充滿邪氣的笑容，使得趙荼不其然背後一陣涼意。

這不是別人，正是韓非。

看到韓非那可怖的相貌，趙荼已經打了一個寒噤，待看到韓非右手揪著妻子的頭髮時，他立即心急如焚，怒喝道：「來者何人？為何在趙家大院大開殺戒！」

「我是誰？此事重要嗎？」

韓非先是失聲大笑，然後不滿意地搖搖頭，邪氣的笑容不減，但笑聲卻忽然變成了悲痛哀慟的哭腔，那詭異的哭腔混合陰森森的笑容，使得韓非如同深淵惡鬼一樣可怖，他緩緩地道：「我為何要大開殺戒，此事重要嗎？」

韓非說著，臉上笑容更甚，一字一字地道：「重要的，是我此時此刻，要殺死你全家上下老少，不是嗎？」

「你……你……」

「可惜的是你父母早亡，不過這沒差。」韓非伸手在眼下一抹，似要抹去淚水，看他笑容戲謔，哪有流淚？但見他左手一揮，兩個頭顱如皮球一般滾到趙荼面前，趙荼一看登時哀痛欲絕，原來那兩個頭顱的主人，正正就是自己的兒子！

「至少能看到你兒子的。」

趙荼又悲又怒，本想破口大罵，但妻子在敵人手上，罵到出口的說話硬生生吞回口中。他與妻子目光相對，趙荼見妻子眼含淚光，神情一片木然，該是見到兒子被殺大受打擊。趙荼一咬牙，正要求饒時，卻聽韓非冷笑道：「哦？看你的樣子，該不會想求饒吧？真是想不到……」

「二十五年前的金鉤趙荼，今日竟變成一個無膽匪類。」

韓非右手一放，然後右掌轟在趙夫人後背，趙夫人哪裡承受得如此重擊？她口中鮮血狂噴，整個人向前飛去。趙荼聲淚俱下，連忙伸手抱住妻子，凝神一看時，妻子已七孔流血毫無反應，韓非那一掌直接把她打得五臟俱裂，已然嚥氣。

趙荼痛徹心扉，嘶聲怒吼，韓非朗聲長笑，戲謔地道：「還有一個，想看她的屍體麼？」

趙荼一聽，猜想到韓非口中的「她」正是幼女，腦袋似卑閃電擊中一般，痲木感從腦髓直達四肢，一陣前所未有的憤怒與勇氣湧上心頭，他站起來指著對方，怒道：「天殺的！我不會放過你！」

「錯。」

韓非收起了笑臉，也止住了哭腔，他神色肅然，緩緩說道：「是我不會放過你。」

「報上名來！」趙荼放下妻子屍身，從地上撿起護院的長劍，撕聲怒喝。

看著怒容滿臉的敵人，韓非冷笑兩聲，報出了自己的名字：「韓・非。」

趙荼聽到這個名字，忿怒的表情登時僵在臉上，二十五年前的事霎時湧現，既驚且怒的道：「是你?!原來是你！」

「對的，是我。」韓非站了起來，「嗆」的一聲拔出長劍，語氣如冷冰的劍刃，寒鋒直逼趙荼：「金鉤趙荼，罪該萬死。」

第九章　逃出生天

「哈哈哈，堂堂南天神劍也會成為階下囚，當真天理循環，報應不爽啊！」

廣陽衙門大牢內，歐陽昭雙手雙腳被鎖上鐵鏈，關在一莫約一丈見方的牢房之中，這牢房牆壁都是石壁，地下也是石板鋪成，無巧不成書，關在他對面牢房的，正正就是廣陽二鬼中的小鬼。

被崖繼之押下後，捕快替歐陽昭鎖上枷鎖送回衙門牢房，沿路中廣陽百姓聞得歐陽昭落網，均露出不以置信的神情，待聽到他因弒師被捕，雖然有為數一半的廣陽百姓表示質疑，但也有許多好事之徒言之鑿鑿，說得像親眼見到歐陽昭殺死彼岸一樣。

關進牢房後，小鬼一直隔著鐵欄喋喋不休地譏諷歐陽昭。歐陽昭整個人沒精打采，黯然神傷，從進牢之後一直面朝內部，心中千頭萬緒，不停地想著師父已死這個事實。

師父神功絕世，有什麼人能殺了他？

到底是為了什麼，殺死師父的人要嫁禍於我？

師兄也覺得我是兇手嗎？怎麼他還不來找我？

廣陽的百姓會否也覺得我是兇手？剛才來牢房途中，我可聽到有人罵我人面獸心，死不足惜啊……

無數的思緒充斥歐陽昭的腦海，他的頭腦像是快要裂開了一樣，而心頭則似貫了鉛一般的沉重。

也不知過了多長時間，忽然有人在他門前喚道：「歐陽昭！到你了！」接著，一個獄卒拿著噹噹作響的鐵匙打開鐵欄，然後兩名獄卒進來押著歐陽昭離開牢房。

走過長長的甬道，獄卒打開大牢的鐵門，歐陽昭但覺陽光刺眼，轉眼已來到公堂。廣陽知府坐在公堂正中，崖繼之一臉肅然地站在身旁，惡狠狠地盯視著他。兩旁肅立的差役手持庭杖，公堂大門外站著圍觀的百姓。

百姓嘟嘟囔囔的說著是非，歐陽昭也聽不清楚，但隱約覺得都在痛罵他殺人如麻。歐陽昭被押到公堂正中，獄卒強行壓著他的肩膀，把他壓得跪在地上。

知府用力一敲驚堂木，大聲道：「犯人歐陽昭，你可知罪?!」

「知府大人，冤枉！」歐陽昭大喊，卻見知府、四周的差役、圍觀的百姓紛紛投以鄙視的表情與目光，顯然不相信他所說的話，歐陽昭心中大急，再次大喊道：「知府大人，冤枉啊！」

「你先劫走了趙員外的貨物，再屠殺了海沙幫眾人，還殺死授業恩師彼岸大師，證據確鑿，豈容你抵賴?!」知府大聲呵斥，歐陽昭焦急地看著崖繼之，叫道：「師兄！」他本以為崖繼之會幫他說一兩句好話，豈知對方卻是板起臉，一字一字地道：「你殺死師父，簡直喪心病狂！我沒有像你這樣的師弟！」

歐陽昭猶如被錘子敲打胸膛，登時語窒說不出話來。他難過至極，心中有無數冤屈，他回頭望過去，背後的百姓皆滿臉鄙視地看著他，口中盡數說著惡毒的說話。

歐陽昭再轉過頭來，但見知府冷哼一聲，驚堂木再次用力一敲，道：「本官判決，犯人歐陽昭，罪該處斬！」

歐陽昭想要用力大喊冤枉，但喉頭似是塞住了什麼，居然怎樣用力也說不出話來，此時，兩旁的差役一左一右架著他離去。他憋紅了臉，用盡全力，終於能夠聽到自己嘶啞的聲音：「冤枉！」

歐陽昭整個人彈了起來，他整個額頭和後背均是冷汗。他茫然左右打量四周，發現自己尚在牢房之中，原來適才一切只是南柯一夢。

「冤枉？哈哈哈，冤枉。我也是冤枉的啊！知府老爺快點放走我！」

對面的小鬼依然傳來嘲諷，歐陽昭充耳不聞，嘆了口氣，抹抹額上的汗水。

「嘿，我說南天神劍你啊，哎喲你說你平常多麼的大義凜然，嘿嘿嘿原來也跟我一樣只是一個階下囚，你說你……」

小鬼嘲諷未完，一個獄卒已經走了過來罵道：「你怎麼一天到晚罵個沒停，吵死了！」他提著一個裝滿尿水的木桶，喝道：「你敢再吵？我就他媽潑你一臉尿！」小鬼不敢頂撞，立時閉嘴，但望向歐陽昭的目光仍是充滿了譏笑。

歐陽昭問道：「請問獄卒大哥，我師兄崖繼之呢？我能否與他見上一面？」

那獄卒看了看歐陽昭，冷冰冰地說道：「崖捕頭正在外處理公務，待他回來後再說吧。」言罷就轉身離去，歐陽昭接著聽到鐵鑰匙開門、關門、鎖門的聲音，大牢又再恢復安靜。

歐陽昭長長呼了口長氣，他稍稍冷靜下來，心道：「對！師兄熟悉我為人，定知道我被人冤枉，此刻必是在外為我洗脫冤屈，如此一來，我也不能如此一蹶不振！」心中縱然悲傷，但他強自提起精神，開始打理這幾天事情的脈絡。

海沙幫全幫死在趙家商船上；趙茶的貨物被劫，趙茶卻不願意名言是什麼貨物；據大鬼所言，趙茶丟失的貨物是五石散；月牙灣村的慘案，據大鬼所說乃趙茶所為；就在自己離開西禪寺的時間，彼岸被人殺死；歐陽昭一路想著，眼光不其然望向對面的小鬼，忽然，他腦中靈光一閃，似是捉住了什麼線索，卻又一時間說不出來。他看著廣陽小鬼，後者罵道：「別以為你很威風，論輕功，咱兄弟倆可不下於你。哼！別以為你自己有多神氣，若是真打起來，你也未必能打得著我！」

終於，歐陽昭捉住了那道靈光，激動得用力一拍手掌，心想：「對啊！若非我追捕廣陽二鬼，那我現在也未必會在廣陽，那這些嫁禍全都不會落在我的頭上……」想到此處，背後一痲，一道涼意從後背湧上腦袋，心道：「難道這一切，都是殺死海沙幫的那人所為？他又是誰？為何要嫁禍我？」

想到此處，他又再望向對面的小鬼，碰巧對方也正看過來，「呸」了一聲，低聲罵道：「看什麼？沒有見過那麼清秀俊朗的雅賊麼？」

歐陽昭又是好氣又是好笑，沉吟半晌，思考如何套對方的話。二人稍稍沉默了一會，歐陽昭忽然哈哈大笑。小鬼冷哼道：「有什麼好笑的？」

歐陽昭斜眼看著對方，笑道：「我笑江湖人常說廣陽二鬼輕功厲害，而且狡兔三窟，我說都是吹牛的多，不然怎會在嶺北被我輕易找到？」

小鬼望向對面，見歐陽昭一臉嘲笑看著他，那表情就跟當日捉住他的時候一模一樣，他立即氣上心頭，破口大罵道：「去你的！你還不是中了我兄弟倆的陷阱！」

歐陽昭歪了歪嘴，一臉不屑地道：「那東西稱得上陷阱嗎？我只是摔進一個土坑裡，連皮外傷也沒有。嘖嘖嘖，枉你們兄弟江湖上少有名氣，弄個陷阱竟還不如一個獵戶小兒，當真丟臉得很，我說你不要叫廣陽二鬼，乾脆改名作廣陽二傻算罷。」

小鬼一聽，登時大發雷霆，罵道：「去你的歐陽昭！要不是我們不能下殺手，你怎能能追上我倆？」

歐陽昭立即眼睛一亮，問道：「不能下殺手？有人吩咐你不能對我下殺手嗎？」

小鬼正欲再說，忽然意識到自己失言，臉色一變，語窒半晌，然後強自鎮定地道：「嘖嘖嘖，你看你，還不是想讓我誇你。行了，你南天神劍了不起了！」

他臉色的變化自是沒有逃過歐陽昭雙眼，歐陽昭心想自己果然沒有猜錯，道：「並非我厲害，只是有人指使你們留手……」他語調驟變，一字一字地道：「然後故意引我回到廣陽，對嗎？」

小鬼臉色一陣煞白，吞吞吐吐地道：「你……你說什麼，我聽不明白。」他如此反應，更讓歐陽昭肯定自己的猜測，他正欲追問之際，忽聽得外面嘈雜聲響，似是發生了什麼大事，歐陽昭凝神靜聽，但聽得外面盡有人說「知府」、「大火」，正自疑惑之間，過不多久聽得監牢外的鐵門聲響，一陣急促的腳步聲向著他們走來。

小鬼大喊道：「獄卒大哥來得正好！這人吵個不停，你趕快潑他尿水！」

但見那獄卒急步走來，朝著小鬼沉聲道：「別吵！把別人都引來了！」然後一串鐵匙聲響，獄卒竟然打開小鬼的鐵欄！

「你……大哥！是大哥嗎？」

小鬼先是愕然，待看清楚這獄卒的面目時立即驚呼出聲。歐陽昭也嚇了一跳，從鐵欄望過去，果然這人是大鬼！

「低聲點！找死麼？」大鬼低聲呵斥弟弟，待鐵欄打開，他按捺不住用力抱著小鬼，輕拍對方後腦，道：「我以為我再也看不到你了！」他從後背取出一套衣服給予小鬼，道：「你把這個換上，咱們今夜就出城，再也不回來了。」

大鬼然後走到歐陽昭的牢房前，想了好一會兒，然後默默地打開了後者牢房的鐵欄。

「大鬼。」歐陽昭打開鐵欄，走到大鬼面前，對方別過了臉不敢直視他。歐陽昭好不容易才找到了事情的端倪，怎會輕易放過？他伸手輕輕抓住大鬼肩膀，沉聲問道：「你們到底受何人指使，故意引我回來廣陽？」

大鬼揚了揚手，阻止了正欲呵斥歐陽昭的小鬼，他長嘆了口氣，歐陽昭見他沒有回應，繼續追問：「月牙灣村的慘劇真是趙荼差人做的？還是你為了引開我，才把整條月牙灣村……」

說起月牙灣村的慘事，大鬼渾身一震，顫聲道：「月牙灣村的慘案確是趙荼所為，廣陽二鬼絕不會做這些喪盡天良的惡行！」他頓了頓，然後臉色越來越難看，道：「事到如今也只能跟你說罷。你猜得不錯，確有人指使我倆，要把你從外地引到廣陽。」

歐陽昭急問：「是什麼人？」

大鬼道：「我們也不得而知。莫約一個月前，我們在福建劫了一家商賈，我們逃到福建嶺北交界處，把贓物藏到城郊破廟，待找到接頭人立即散貨。當晚我們就在破廟歇息，豈知一覺睡醒後，卻發現我們的貨物不翼而飛！有人在我倆身旁放著一張紙條，說若要取回貨物，子夜在福建城郊相會。」

「我們兩兄弟面面相覷，只因我們向來警覺，但這人竟能不知不覺地搬走貨物，更留下字條，若他要下手的話，我們早就死了。念及此處，我們決定貨也不要了，先逃回廣陽先躲他一會。我們腳不停蹄，專挑小路而行，在當夜到達嶺北前，卻見到了他……」

「就是指使你們的人？」

大鬼點點頭，面露懼色，連向來天不怕地不怕的小鬼也臉色一陣煞白，他搖了搖大哥的手臂，輕聲道：「大哥，還是……別說了罷。那人要是追殺我們，我們可是如何都跑不掉啊！」

大鬼想了一會，搖頭道：「我們自此遠離廣陽，那人也找不到我們。」

歐陽昭察言觀色，他知道廣陽二鬼膽大包天，可是提及此人時竟二人同時露出懼意，可見此人是如何可怕？只聽大鬼頓了一頓，續道：「這人的輕功著實厲害，我倆兄弟的輕功已然了得，卻依然被他制住。說句實話，我從未見過如此詭異厲害的身法，當時我以為這條命就擱在這裡。豈知那人沒有殺我們，只威脅要我倆在兩天前把你引到廣陽，早一天不行，晚一天也不行。本來我以為引你到廣陽城便可，豈知最後竟被你捉住了小鬼。」

「在蕉林裡，那人忽然出現把我救走。他跟我說，要救小鬼，只能聽他指使。他要我先跟蹤趙茶心腹，結果我就看到趙茶差人屠殺月牙灣村的村民，他得知這個消息之後叫我把你從西禪寺引走。到了今天，他叫我把趙茶貨倉的位置告知崖繼之，然後把這消息再透露出去。」

「他這樣做有何用意？」歐陽昭話剛出口，立即想到了答案。

若趙茶知道倉庫位置被崖繼之查了出來，必定會差人把倉庫中的貨物運走。如此一來，趙家的守衛就會驟然減少，那就造就一個刺殺趙茶的好時機！

「他沒跟我說，只是我猜度，他下一個目標便會是趙茶吧。」大鬼支吾半晌，道：「他給我獻計，先到知府的府邸放一把小火，引走留守大牢剩餘的衙差，這樣就能夠救走小鬼……還有你。」

「還……還有我？」歐陽昭一愣，但見大鬼點了點頭，吞吞吐吐地道：「對，我也……我也猜不透他的用意……」大鬼這邊廂說著，小鬼已經換好衣服，不住催促大鬼離去。大鬼看了看呆立原地的歐陽昭，道：「我……我兄弟倆先走了，歐陽昭，你……你保重！」言罷與小鬼立即動身，頭也不回地離去了。

歐陽昭心中翻江倒海，他似是解開了一部分的謎團，卻又發現自己深陷另一謎團當中。

「那人害我入獄，然後又差大鬼來把我放走。他定是想讓我當個逃犯，然後再把殺趙荼的罪名推到我的身上！可是……我若是不走，他這計策豈不就失敗了？」

想著想著，忽然想起剛才的夢境，他心道：「不……今夜知府府邸失火，小鬼又越獄潛逃，就算我留在此處，別人也不會信我……」

念及此處，他咬了咬牙。

似乎，眼前只有一條路了。

第十章　初會韓非

屍體，映入韓非眼中的，全是屍體。

他雙手、雙腿、甚至渾身都在劇震，右手緊緊握著平日使開的長劍，正確來說是只剩餘半截的長劍。兵刃的另一端，陷入面前的一具屍體上。

那是一個年約二十五歲的年輕人面孔，半截長劍深深刺進他胸膛中，他的雙目至死仍沒有閉上，已經沒有生氣的眸子直瞪瞪的看著沒有月光的夜空。

韓非聽到別人稱呼這年輕人為十二當家，他親眼看到此人手持兩柄短斧，率領河賊衝進他們駐扎的村落，見人就砍，大開殺戒，並擊殺了彼岸那排名第八的兄弟。

敵人來得倉猝，場面極是混亂，當時也不知怎的韓非就與十二當家交上了手。

韓非曾經以為自己必死無疑，使盡了渾身解數，用盡了師父教的一招一式，終於把長劍送進了對方的胸膛，結束了對方年輕的生命。

河賊撤退後，村落裡只剩頹桓敗瓦，哭喊聲此起彼落。忽然，韓非覺得肩膀一重，有人伸手搭在自己肩上，韓非剛剛經歷血戰，心神未定，此刻一受刺激，本能地揮舞手上半截斷劍，卻被來人一把按著。

「非兒！非兒！你還好吧?!」關切的聲音鑽入耳中，眼中的景象漸漸清晰，原來是師父彼岸正關懷地看著自己。

「師父……」韓非驟見恩師，緊繃的情緒才得以舒緩，丟下長劍，整個人虛脫般倒在師父懷內。

彼岸抱著徒兒，右手輕拍對方後背，他知道對於從未試過一戰的韓非來說，這場對決來得太過突然，也太過慘烈了。

那天彼岸帶著韓非與眾兄弟會合之後，決意剷除南海一眾河賊。但河賊少說也有幾百人，單憑九人斷難成事，趙茶提議在廣陽周邊的大小村落招募有意反抗的村民。本來此事由廣陽本地人趙茶招募最為合適，可是顧及家人，趙茶還是決定隱藏身分，其餘七人又是淡薄名利之輩，於是最後讓聲名最響的陶鐵手出面招募。

陶鐵手當時已聲名遠播，即便是廣陽也多有仰慕之人，果然十日之間已招募了二百來人。他們駐扎在其中一個村落裡面，正要擇日突襲南海，卻不知此事如何走漏了風聲，竟被河賊一方探聽得到了消息。

河賊乘夜偷襲，也虧得趙茶等人隱藏了身分，河賊一方沒有傾巢而出，只派出了五名當家和百來名幫眾。但饒是如此，此役之中，陶鐵手一方也是損失慘重。不止招募回來的村民損失了接近一半，彼岸排行第六、第七和第八的兄弟也在此役中壯烈犧牲。

韓非首次經歷惡戰，靜坐良久心裡還是噗通噗通跳個不停，他尚未平復心情，忽聽遠方傳來一聲怒吼，他認得聲音的主人乃是夏白，只聽後者怒道：「該死的！你敢再說一遍?!」

韓非與彼岸一愣，立即循聲走去。但見夏白緊緊抓住了趙茶的衣領，兩人此時都是滿臉滿身血污，正扭打成一團，彼岸與陶鐵手立即走上前分隔兩人，陶鐵手皺眉道：「你們好好說，為何動手了？」

「三位兄弟屍身未寒，你竟敢打退堂鼓！」夏白指著趙茶罵道：「無膽匪類！你如何對得起他們?!」

「五哥！」趙茶也是雙目通紅，神情痛苦地道：「我沒打退堂鼓，只說今夜不宜追殺！」

「放屁！若非為了你，三位兄弟豈會犧牲?!」夏白根本聽不進去，繼續放聲怒罵。彼岸對著陶鐵手打了個眼色，陶鐵手把夏白拉到一旁勸說，彼岸趁機問趙茶道：「九弟，你究竟說了什麼，惹得五弟如此暴怒？」

也不知是因為覺得委屈，還是念及逝去的兄弟，趙茶驟然淚下，道：「五哥說幾位兄長的仇不得不報，應該今夜乘勝追擊，直接殺奔過南海。」他看了看四周，道：「但二哥你也看到了，眾村民剛剛經歷過一場苦戰已然疲憊不堪，適才一戰也不知會否打擊了他們的士氣，此刻貪功冒進，只怕會全軍覆沒啊。」

「九弟說的是。」韓非扭頭望去，但見宋潮風與吳恭復來到，剛好聽到趙茶的話，這句話正是出自前者之口。但吳恭復卻沉默不語，只皺著眉搖頭，似是不同意宋潮風的話。韓非此時心中也是沒了主意，目光瞧向了彼岸，希望他能作出決定。

過不多久，陶鐵手與夏白回來，此時後者已冷靜下來，但臉上依然忿忿不平，連目光也故意不與趙荼相接。陶鐵手對彼岸道：「二弟，借一步說話。」彼岸點點頭，二人便走到一旁低聲商議。

村民的哭喊聲，空氣中瀰漫的血腥味，無一不刺激著韓非的五官。他茫然地四處張望，看到眾人悲憤的面容，看到眾人佈滿紅絲的雙目，他彷彿能夠聽到每一個人內心都喊著「報仇」二字。韓非偷偷朝著陶鐵手與彼岸的方向望去，只見前者肅著臉正對著師父說著什麼，彼岸緊皺著眉頭低下頭沉思。

過了半晌，彼岸輕輕嘆了口氣，然後點點頭。

「眾位……」陶鐵手與彼岸走了回來，然後大聲喊了幾聲，生還的村民均聚集過來。

「機不可失，若錯過了今晚，日後再也沒有機會討伐南海賊眾。」陶鐵手洪厚的聲線遙遙傳去，一字一詞都說得一清二楚。韓非渾身一震，側眼望去，但見趙荼與宋潮風低下了頭默不作聲，夏白與吳恭復則面露喜色。

至於村民們，也沒有趙荼所預計的一蹶不振，除了小部分的面露懼色以外，竟都義無反顧地重重點頭。

陶鐵手掃視了眾人的反應，然後深深吸了口氣，道：「所以，我們現在馬上夜渡南海，與賊眾決一死戰！」

「決一死戰!!」

「決一死戰!!」
「決一死戰!!」

※※※

夜空下綻放出朵朵燦爛火花，兩道人影翻騰挪移，手上兵刃相抵，各自運勁前推，希望壓過對方。

趙荼與韓非的決鬥已經過了一段時間，前者畢竟年長，近年養尊處優下不論武功或者體力都大不如前，即使手持雙劍也抵不過對方，他這招咬緊牙關，把韓非的長劍卸到一旁，然後著地滾開拉開距離。

韓非提劍追趕，向趙荼當頭劈去，後者的動作已略帶慌亂，慌忙地舉起雙劍擋格，但聽「鐺」的一聲清響，趙荼受不住對方的力度，手腳一軟，「哎喲」一聲向後摔倒在地。

所謂爛船尚有三斤釘，趙荼背剛著地，立即一挺，乘勢向後翻了個筋斗重新站起，韓非見機不可失，立即挺劍當胸刺去。本來以趙荼今日的功力，這劍眼看就會穿胸而過，但他可謂福至心靈，走運至極，半空中幾乎是胡亂地舉起左劍，竟把韓非刺向他心臟的致命一劍剛好格開！

「嘖！」

韓非見對方走運，臉色微變，忽見眼前寒光奪目，一道虹光向自己猛襲過來！原來趙荼死裡逃生，右劍立時斜劈，化成一道寒光斜斜砍向韓非，這劍他用了全力，距離又近，心想此劍必中無疑，心道：「娘子，兒子，倩彤，我替你們報仇了！」

「嗡！」

長劍劃過，發出破風聲，和劍刃鳴叫聲，卻無劈中人體的聲音和觸感。

趙茶面如死灰，氣喘連連，看著不知如何退到遠處的韓非，後者的哭聲如有若無地傳入耳中擾人心智，趙茶心想適才那一招如此凌厲，對方竟還能躲過？這到底是什麼見鬼的身法？他此刻滿身都是大大小小的傷痕，汗水不停地從額頭留下，沾濕了眉頭，也沾濕了鬍子，汗珠和血水一滴滴的落地上，形成一個個小水印。

韓非皮笑肉不笑地挽了幾個劍花，神色自若地緩步上前，語帶哭腔地揶揄道：「早知你如此不濟，我第一個就應該殺你。」

趙茶知道自己與對方相差太遠，自己渾身是傷，耗下去恐怕單是流血也足夠讓他送了性命。他雖已無牽無掛，心中盤算的只有如何殺死眼前敵人，但沒想到對方如此厲害，咬牙心道：「瞧這殺千刀竟進步如斯，就算我盛年之時也未必是對手，要殺他只能智取，不能力敵。」

趙茶驚訝著韓非的武功，但他並不知道韓非昨日殺彼岸時所受的內傷仍未痊癒。現在韓非只要一運氣，丹田就會隱隱作痛，在趙茶眼中看起來已是十分厲害的詭異身法，其實只有殺夏白和彼岸時的五六成。否則以他倆今時今日身手上的差距，趙茶老早就喪身韓非劍下了。

眼見韓非眼中露出精光，一步一步緩緩向自己逼近，趙茶心中焦急，暗道：「得想辦法扭轉局勢！」忽然，他目光停留在樓上，恍然心想：「對！這裡終究是趙家大院，我可佔著地利！」

一念及此，他立即調整呼吸，緩緩向後退。

「逃跑？不報仇了嗎？你兒子的仇怎麼辦？你夫人的仇怎麼辦？你所有僕人的仇怎麼辦？」

韓非臉上一直獰笑，語調卻是悲天慟人，彷彿他的劍下亡魂全是他的家人一樣。帶著如此若癲若狂的神情，韓非步步進逼，嚇得趙荼連連後退。

其實韓非同樣並不好過，每次牽動內息都引發內傷，若非他知道趙荼與自己實力相差太遠，今日也不會貿然動手，但也因為輕敵，他並沒有在長劍上塗上毒藥。韓非心中暗暗檢討，同時緩步靠近對方，待距離拉近之後才施以突擊。

一個前進，一個後退，距離漸漸拉近。

正當韓非準備出招之時，趙荼忽然向側一閃，躲進一間院房之內！韓非三步併作兩步追上，甫一進門就聽得樓梯傳來腳步聲，原來趙荼已奔了上樓！

韓非心感奇怪，眉頭一皺，不知對方什麼葫蘆賣什麼藥，只能從後急追。

上得二樓，又見得房間另一端傳來關門的聲音，韓非立即追趕上去，一腳踹開剛剛關掉的木門，眼前出現一道長長的通道，通道每隔數十步距離就有一扇木門，中段懸空，終點連向另外一幢院房。原來這正是用作連接各院舍、更樓的通道。

「嘭！」

通道中間的木門重重關上，韓非立馬奔了過去，才剛剛推門而進，又聽得遠處傳來關門聲，循聲追去，韓非赫然發現自己身處的走道竟與剛才那條幾乎一模一樣！

與趙茶交手前，韓非先潛入趙家大院把所有護院婢女殺死，他自然也曾爬上這些通道，可他卻沒注意到這些通道竟是貫通整個大院，可真謂四通八達。而且每個院樓裡的小房盡皆相通，配合這些走道，實在是複雜之極。加上整個趙家大院構造四四方方，看起來雖然簡單，但對於不熟悉的人而言就如迷宮一樣，難以辨認東南西北。

韓非打醒十二分精神，一步一步地在通道上緩緩前進。忽然，耳畔傳來風聲，「嗤」的一聲一把明晃晃的長劍從身旁紙窗刺出，直指韓非腦門！韓非側頭閃過，那長劍一擊不中，立即收回房裡。

「哪裡逃?!」韓非獰笑著劈開窗戶躍了進去，見一道人影已從另外一道木門閃出走道，韓非才剛剛追到門前，又聽到背後破風聲急響，連忙側身避開，但這下沒能完全避過，大腿被對方長長划了一道傷口，登時鮮血迸流！

趙茶一劍得手，雙劍舞成白花花的劍浪向韓非攻去，房間內一片漆黑，韓非只能順著劍光勉力擋格，同時身子往後撞開木門，重新回到走道上。

「嘭……」

一出走道，韓非馬上戒備，但趙突卻不追擊，重新沒入漆黑的房間之中。

又再傳來開門關門聲，韓非心道：「這廝故意用開門聲引誘我過去，這些樓房裡各房互通，樓與樓之間又是互通，任由他躲在這裡，對我極是不利……」他輕皺眉頭，心中急謀對策，他聽到聲音從第二幢樓傳來，遙遙望去，隱約見到趙茶微胖的身影經過。

韓非想了一想，從樓上躍回地面，他四處張望，不知看著什麼。躲在暗處監視的趙茶好不容易終於取得上風，心想自己的計策果然成功。見韓非看來看去，心中雖是疑惑，但還是不敢聲張，打算以靜制動。

「咦？」忽然，趙茶疑惑地叫了出來。原來韓非看多了一會，竟然離開原地，向著大門方向離去，使得趙茶不得不疑惑：「他在幹嘛？」本以為韓非裝作離開，引誘自己出來，但等了好一會兒而，任趙茶換了好幾個方位，依然看不到韓非身影，趙茶心中奇道：「難道那廝走了？不！他肯定是躲在一旁等我出來！」

再過一會，韓非依然沒有現身，這次反倒是趙茶焦急了，就在此時，趙茶但覺四周氣溫上升，鼻子隱約聞到一陣濃煙的氣味，他打開房子後面的窗戶向外望去，沒看到還好，一看到當場嚇了一大跳。原來四周的樓房全都著了火，濃煙四起，火舌四散，有幾幢樓更是全然陷入火海之中，此時火乘風勢，逐漸向自己所處的院子蔓延過來！

「該死的！原來去了放火！」

趙茶看到自己的家業被付之一炬，心裡恨得牙癢癢的，不知咒罵了韓非祖宗十八代多少次。但見煙霧漸濃，四周越來越熱，趙茶不得已之下只能放棄躲藏，推開木門走出走道。就在他要從樓上躍回地面之際，忽聽一把聲音從身後響起：「趙員外！」

趙茶此刻如驚弓之鳥，忽然聽見有人呼喚自己，立即嚇了一跳，但這聲音清響嘹亮，並非韓非那陰森可怖的聲音，他立即回頭望去，但見有一年輕俠客站在自己身後，此人他也認識，正是剛剛逃出大牢，趕到趙家大院的歐陽昭！

歐陽昭從牢房逃出後立即來到趙院，一開始本想敲門拜訪，但想到自己現在只是一名欽犯，對方必不理睬，於是找到趙院的一個角落翻牆而進。豈知他落地不久，就聞得前方隱隱約約有血腥味透出，走沒幾步，果然就發現幾個護院倒臥在血泊當中，一動不動。

歐陽昭連忙上前查探，發現這些護院均被一劍封喉，而行兇者的劍法更與屠殺海沙幫的兇手如出一轍。他當即心底一涼，暗道自己莫非又再晚了一步？他顧不得會否行蹤敗露，展開身法疾奔到趙院裡去，路上屍骸遍野，趙院中不論男女老少均已死於韓非劍下。歐陽昭見兇手濫殺無辜，看得目眥盡裂，走著走著，他聽到兵刃相交聲響，於是循聲追來，卻只見到狼狽不堪的趙茶，這才出言呼喚。

一見歐陽昭，趙茶立即如獲救星，喜出望外，慌忙喊道：「歐陽少俠！救命啊！」

歐陽昭連忙走到趙茶面前，問道：「兇手到底何人，幹出如此喪心病狂之事？」

有了歐陽昭在旁，趙茶心下稍安，二人沿著樓梯走下，趙茶聽得歐陽昭提問，答道：「此人名為韓非，說來……說來與你有點淵源，他也是彼岸大師的弟子，算是你的師兄罷。」

歐陽昭渾身一震，生怕自己聽錯，大聲問道：「你說什麼?!」

趙茶被對方嚇了一跳，身子打了個哆嗦，顫聲道：「他……他多年前就是彼岸門下，難道說……彼岸從來沒有跟你說過嗎？」

彼岸從沒在崖繼之與歐陽昭面前提及韓非，此刻歐陽昭平白無故多了個師兄，腦袋登時一片空白，他搖了搖頭，竭力讓自己冷靜下來。他攙扶著趙茶回到地面，稍微整理一下腦中的思緒，自言自語地說道：「這人如真的是我師兄，理應深受師父影響，四處行俠仗義才是。他屠殺海沙幫還能勉強說是嫉惡如仇，但為何會在趙府作出如此惡事？即使是月牙灣村的慘案……」歐陽昭說到這裡，驚覺趙茶就在身旁，立即閉嘴不言。他趕緊瞥向對方，卻見趙茶神色木然，也不知是否驚魂未定，沒有聽到自己說的話。

念及月牙灣村的慘案，歐陽昭當即義憤填膺，立即就有衝動當面質問趙茶，但他看到整個趙院烈焰熊熊，幾乎完全陷入火海之中，地上盡是趙家人的屍體，不由得心生惻隱，心道：「雖說天理循環報應不爽，趙茶一人作惡，報應卻落在他家人之上，也是太過無辜……」他長長歎了口氣，把心中疑慮放到一旁，心想還是先把趙茶安頓好，然後再去看看不會有人生還，月牙灣村一事還是以後再說吧。

歐陽昭卻沒想到，剛剛趙茶已把他的話聽在耳裡。月牙灣村的慘案是他最近才作過的惡事，趙茶自然對此十分敏感，加上今夜他遭逢巨變，此刻他杯弓蛇影，草木皆兵，此刻只聽到歐陽昭提到月牙灣村，趙茶也立即手心冒汗，身子微微顫抖。

趙茶作為商人，多少有點八面玲瓏，他心中雖忐忑不安，但臉上仍裝作若無其事，忽然，他想到了什麼，登時心頭一震，暗叫不好：「不對！這歐陽昭不是被崖繼之捉進牢房之中嗎？為何出現在此？」

趙茶本就生性膽小，稍有疑慮就儘往壞處想，心道：「韓非這邊殺我全家，歐陽昭就在此出現，世事哪有如此湊巧？對了！他們一場師兄弟，說不定……說不定一切均是他們合謀，他們查出我販賣五石散，所以要合力除掉我，還有夏白，還有二哥……」

趙茶腦中一片凌亂，腦海裡冒出許多似是而非，不合常理的揣測。可這個時候，這些經不起推敲的想法卻在他腦中揮之不去。趙茶越想越是膽顫心驚，他不動聲息地瞥向歐陽昭，只見對方走在前頭，每經過一間屋子，就探頭探腦望向屋裡，細細探察一番，才繼續前行。

本來歐陽昭是要察看會否有生還者，可趙茶已神志不清，他既認定歐陽昭與韓非合謀，歐陽昭這個舉動在他眼中便是要斬草除根而非救人，他心中恨得牙癢癢的，心道：「你這殺千刀的惡魔害我家破人亡，我即使鬥不過你，也要與你倆其中之一同歸於盡。」

想到此處，趙茶狠狠地一咬牙，忽然加快腳步，雙手緊握長劍朝歐陽昭背後捅去！

其實歐陽昭也對趙茶暗暗提防，他聽到腳步聲響，背後彷彿長了眼睛一般，待趙茶的劍尖去到距離他背後數寸距離時才倏忽轉身，讓長劍貼著自己後背擦過，順勢左手一切擊在趙茶手腕上，趙茶右手吃痛一鬆，長劍登時被歐陽昭奪了過去。

趙茶撲了個空，踉蹌地向前奔了數步，回頭望去時，歐陽昭已一臉嚴霜緊緊盯視著他，厲聲問道：「趙員外，月牙灣村的事，當真由你指示？」

「是又如何？你今日殺我全家！與我所做的又有何區別?!」

歐陽昭見趙茶雙眼佈滿血絲，咬牙切齒，狀若癲狂。他聽到對方毫無悔意地承認屠殺月牙灣村，正要嚴詞斥責，卻聽對方竟把家破人亡的慘事歸咎在他身上，頓時覺得莫名其妙，丈八摸不著頭腦。

就在此時，一道虹光忽然從旁邊的屋子激射而出，這虹光迅若流星，歐陽昭與趙茶全神貫注在對方身上，對這道光芒均是反應不來。眨眼間，一柄長劍貫穿了趙茶的肩胛，他立即往後倒下，痛得哇哇大叫。

與此同時，一把詭異的哭聲從旁邊幽幽響起，一把男聲語帶哭腔緩緩說道：「你說得真對，這確實毫無區別。」

奇變頓生，歐陽昭連忙側頭望去，只見一人從火海中緩步走出，正是韓非。

趙茶再見韓非，心想這兩人果然一夥，暗道自己命不久矣，於是長長歎了口氣，正要閉目待死，卻見歐陽昭身子化作一道灰影，竟是撲上去與韓非鬥在了一起！

這下趙茶大感驚訝，他強忍痛處半坐起來，見到歐陽昭的攻勢如狂風暴雨，絲毫沒有留手，心裡一動，暗道：「莫非……他們真的並非一夥？」念及此處，他才想到自己之前推測的諸多破綻。

趙茶看著歐陽昭不停搶攻，心中百感交集。他想到自己家人慘遭韓非毒手時，自是希望歐陽昭能替自己家人報仇；但想到歐陽昭會追究自己月牙灣村的惡行，他又希望二人同歸於盡。想了半天，復仇之心終究勝過苟且偷生，趙茶心道：「歐陽昭啊歐陽昭，你一定要殺死這殺千刀的混蛋啊！」

歐陽昭的劍法銀光流動，迅若流星，韓非身上有傷，五內翻騰不已，面對著南天神劍自然不能冒進。他先取守勢，瞧準對方劍勢來路見招拆招，十來招過去後，但聽「鐺」的一聲清響，二人交了一劍，各自向後躍開。

由於韓非身上有傷，他差點立足不穩，連退數步才勉強站穩，抬首望去，歐陽昭正滿臉怒容地盯著自己。

二人相對無言，互相打量。韓非早就暗中監視對方，自不感覺陌生，但首次正面面對這個師弟，心中還是有點不知名的複雜感覺。

歐陽昭從來沒有見過眼前此人，他上下打量韓非，想到這個就是殺害師父的兇手，怒意就越在心中增長。

「你為何要屠殺海沙幫，殺死師父，還有滅趙家滿門？」

韓非報以一個冷笑，並不答話。

見對方神情輕藐，歐陽昭難以自抑，怒喝聲中，長劍化成一道虹光直奔韓非心窩。韓非心想歐陽昭武功遠遠高於趙荼，此刻以自己狀態絕對敵他不過，他反應奇快，一念及此立即施展身法避重就輕，盡在歐陽昭身邊遊鬥。

韓非的身法可說是冠絕武林，就算狀態不佳，一經施展，歐陽昭四周全是他的身影，可謂如鬼如魅，縱然歐陽昭早有心理準備，但當首次遇上韓非這既迅捷又詭異的身法時，歐陽昭仍覺得眼花繚亂，稍一分神也會立即中招。

二人鬥著鬥著，歐陽昭對韓非使出的劍招嘖嘖稱奇，他雖已知道眼前此人與自己師出同門，但當真正交手之時，他才驚覺對方的劍招與自己的「眾生劍法」十分相似，卻又大有不同。歐陽昭不敢大意，打起十二分精神，全神貫注地應對。

趙荼現在雖然武功不濟，但眼光仍有，他此刻一心想要幫助歐陽昭擊殺對方，於是在旁提場道：「歐陽昭！他使的是伏魔劍法!!」

「原來是師父早年所用的劍法！難怪與『眾生劍法』如此相像。」

歐陽昭暗暗點頭，而韓非則是連聲冷笑，似是要故意挑動歐陽昭怒火，他咧嘴一笑，嘴上卻以哭腔說道：「當日師父授予我此套劍法，想不到他老人家最後也是死在這套劍法下面，嗚嗚嗚嗚，或許這就是他常說佛家中的『緣』吧，師弟，你說是嗎？」

果然，韓非短短的三言兩語，立即激得歐陽昭勃然大怒，歐陽昭目眥盡裂，攻勢不但越加猛烈，更有不顧一切，寧為玉碎不為瓦全的去勢，顯是已憤怒到了頂點。

歐陽昭暴怒下攻勢如怒海狂濤，韓非始終不是最佳狀態，漸漸招架不住，從平手開始變為下風。

歐陽昭的「眾生劍法」乃彼岸晚年以伏魔劍法為本創出，雖然劍法更為精妙，但殺傷力卻不如前者；而韓非在這二十五年間，除了練就一身傲絕江湖的詭異身法外，自己更在伏魔劍法上另闢途徑，有了不少改良，故此他雖然處於下風，依然能勉強自保。

但所謂久守必失，但聽「刷」的一聲，歐陽昭的長劍終於劃破了韓非的肩膀，一道血柱從韓非右肩激射而出，韓非吃痛下右手一鬆，長劍立即脫手！而歐陽昭劍下不留情，長劍一豎，由上至下朝韓非迎頭劈去！

這劍眼看立即就把韓非一分為二，趙荼立即大聲叫好。

只是，韓非的嘴角卻微微一牽，但見他左腳向前一踏，身子如鬼魅般向旁閃了過去，巧妙地避過歐陽昭的這招殺招。不但如此，他更以左手接回長劍，順勢反手刺向歐陽昭！這劍方位刁鑽，長劍從後而至，立即就要貫穿歐陽昭的小腹！

就在下一刻，韓非的笑容化為了驚愕。

只因這看似必中的一劍竟刺了個空！

歐陽昭竟在千鈞一髮之際，忽然側開身子，同時小腹一縮，恰恰避過！

韓非臉上終於露出詫異神色。

原來，韓非故意賣個破綻，歐陽昭也故意裝作暴怒下失去理智。二人交手的過程中，歐陽昭細細回憶海沙幫兇案現場的腳印，腦中已對韓非左右開弓的鬼魅劍招有了準備，加上逐漸熟悉對方的劍招，此刻果然收到功效。

韓非一劍刺空，馬上換來代價，歐陽昭刷刷兩劍劃破了後者雙腿。血花四濺，韓非一口氣提不上來，雙膝一軟，就此跪下！

歐陽昭把長劍架在韓非脖子上，喝問：「說！你為何接二連三作出如此喪心病狂的惡事？」

「惡事？」韓非看著脖子前的長劍，臉上絲毫沒有懼意，還饒有興致地笑了一笑，抬頭直視歐陽昭雙眼，咧嘴笑道：「你所說的惡事，是指哪樣？」

「殘殺海沙幫……」

「海沙幫作惡多端，在廣陽為非作歹，我把他們全部殺光怎會是件惡事？」韓非未待歐陽昭說完就立即反駁。後者微微一怔，又道：「那屠殺趙家滿門，還有謀害師父，你又有何解釋？」

韓非陰惻惻笑了笑，目光瞥向坐在遠處的趙荼，施施然地道：「他把月牙灣村的百姓屠殺殆盡，我現在殺他滿門，也是公道得很。你倒是該問問他，為何要對普通百姓痛下殺手啊。」

歐陽昭猛然回頭，趙荼被他那雙銳利的目光盯著，身子不禁打了個寒顫，只是此時此刻趙荼也豁了出去，只求歐陽昭把韓非殺了也不願獨活，於是大聲道：「一人做事一人當，我在月牙灣村僱傭苦力到我貨倉工作，後來他們擅自逃跑，於是……於是才有了那件事情。可這也是我一人所為，有道是禍不及妻兒，我如何作惡，你殺我便是！與我家人又有何相干!?」

「貨……倉？」歐陽昭聽出了重點，韓非立即陰陰一笑，淡淡然道：「對啊，五石散的貨倉啊。」

趙荼忽然神色一怔，似乎驚愕為何韓非會知道此事，過了一會，他忽然想通了什麼事情，失聲叫道：「難道說……那些村民……是你放走的？啊！海沙幫也是你殺的……那我的那批貨，也落在你手中了？」

韓非冷笑連連，他沒有理會趙荼，反而目視歐陽昭，緩緩說道：「歐陽少俠，你也聽到了吧？現在在你面前的，一個是除掉河賊夏白、揭露趙茶販賣五石散的師兄；一個是在廣陽銷售害人藥物，而且屠殺月牙灣村的兇手，敢問南天神劍……」

韓非故意拉長語調，興致勃勃地問道：「你該如何處理呢？是立即殺了趙茶，替月牙灣村的村民報仇？還是把他交給官府？別說我沒提醒你，衙門中他細作甚多，若放任給官府，恐怕……」

說到這裡，韓非正了正身子，戲謔地笑了笑，一字字地道：「不出兩日，他趙茶就能大搖大擺從官門走了出來。」

歐陽昭心想韓非此言不虛，五石散近年在廣陽流傳甚廣，官府也沒有什麼措施抑止，可見趙茶的勢力遠遠超出他的想象，若把他交給官府，極大可能會無罪釋放，那月牙灣村的百姓，豈非就死不瞑目？

可是，若他親手殺死趙茶，那今夜的血案，旁人豈非全部算在他的頭上？

歐陽昭只覺左右為難，一時間猶豫不定，不知該如何處理趙茶與韓非。後者看在眼裡，嘻嘻冷笑兩聲，不屑地道：「嘿！果然只是彼岸教出來的迂腐徒弟。」

「畜生！」想起恩師慘死對方劍下，歐陽昭登時大怒，心中的躊躇不決立即拋到一旁，他一腳踢飛韓非手中長劍，揪住對方的衣領提了起來，然後重重打了他一個巴掌，怒喝道：「你殺海沙幫，殺趙家滿門，尚可砌詞狡辯，弒師一事，你還如何抵賴？」

韓非繼續朗聲長笑，歐陽昭怒道：「你笑什麼？」

「你如此本末倒置，可見我罵你迂腐實在說得不錯。」

韓非臉色忽然肅然起來，語調驟變，一抹之前狂態，認真地道：「我殺彼岸何須抵賴？難道只要他與夏白、趙荼一樣背負重罪，我便可殺他？」

歐陽昭一愣，一時之間沒有弄懂對方意思，韓非又道：「難道因為夏白常常擄劫平民，難道因為趙荼販賣五石散、殺害月牙灣村的村民，難道就他們罪惡滔天，我殺他們就理所當然，是替天行道？」

韓非前不久才替自己誅殺海沙幫和趙家滿門辯解，此刻又說出如此提問，歐陽昭聽得一頭霧水，完全不懂反應。但見韓非嘶聲狂笑，就有如深淵傳來的惡鬼獰笑，他前俯後仰，狀若癲狂，過了頃刻，他忽然止住笑聲，語調無比堅定地一字一字道：「重點並非我為何殺死他們，而是……」

「我・殺・了・他・們。」

歐陽昭心中一震，他似乎腦裡面有什麼靈光閃過，但卻是一瞬即逝，眨眼就忘記剛剛想到的念頭，他猛地搖了搖頭，怒道：「妖言惑眾！就算你顧左右而言他，不願說出理由，我也猜得了你下一步的計劃。」

「嘿，是嗎？洗耳恭聽。」

「你下個目標，便是陶鐵手幫主，我說得可對？」

韓非微微「哦」了一聲，臉色閃過一絲詫異，歐陽昭看在眼裡，確認了自己的猜測，道：

「趙茶是廣陽本地人，師父、陶幫主、夏白都是二十多年前定居於此，這絕非巧合。夏白外號狂刀夏白，師父外號彼岸神劍，陶幫主外號鐵手追命，這也絕非巧合。雖然我不知趙茶跟他們三人有何關聯，但他們一定是幹了什麼，所以你才離開師父，過了二十多年才回來報仇，對吧？」

韓非笑道：「喲，師弟，看來我還是小瞧你了。」歐陽昭重重打了韓非一拳，怒道：「別叫我師弟！」

「到底當年發生何事，為何你要回來大開殺戒，為何還要嫁禍予我，快點從實招來！」

韓非再次朗聲長笑，過了好一會兒才收起了笑聲。他與歐陽昭目光相接，緩緩地道：「看來你還是未能領悟，罷了，你既想知道，說也無妨，二十五年前，南海河賊於廣陽作惡一事，你可曾有聽聞？」

歐陽昭點頭道：「陶幫主當年討伐賊眾，此事……慢！難道說當年師父和夏白也參與在內？」

韓非笑道：「聰明！只是，你還是猜錯了一事……」

「我回來，並・非・復・仇。」

第十一章　何為俠道

廣陽不常有霧，縱有也是早起晚散，但彷彿冥冥之中自有註定，此刻這幾天廣陽濃霧蔽天，二十五年前的這段時間，亦是如此。

濃霧使得夜空一片灰蒙，使得陽江上也伸手不見五指。南海鎮處於陽江下游，陶鐵手一早打聽過，河賊主寨沿江而建，面江背鎮，平日廣陽城與其他村落的貢品便是沿陽江運到寨中。

那夜遭到突襲後，夏白提出追擊自是出於一時衝動，但在陶鐵手腦海中盤旋過後，卻變成了周祥的計劃。

「霧氣如此之大，敵方也難以發現我們。古有孔明草船借箭，不也是藉著濃霧之便？我們多派船隻，船上擺放草人，河賊遠方望來，定必以為我們人數眾多，嚇得心膽俱裂。」陶鐵手向著眾人緩緩說出自己心中計策，他向有大將風範，自有一番威嚴，彼岸眾兄弟還有村民都以他馬首是瞻，聽得默默點頭。陶鐵手道：

「河賊雖被我們嚇到，但依然敵眾我寡，一交上手疑兵之計就不攻自破，所以我們必須先聲奪人。」陶鐵手取出南海地圖，放下數顆大石頭比擬何賊，然後拿著數個石頭排成錐形，續道：「我們以錐形陣衝殺，二弟，你挑五十精英隨我充當先鋒，從中路突破。三弟、五弟，你們充當左翼；四弟、韓非，你們則是右翼；九弟居中負責接應。謹記，敵方人多，切勿被他們沖散！」

陶鐵手的計策雖不說是十全十美，但眾人既是義憤填膺，又是背水一戰，士氣十分高昂。即使是之前不同意夜襲的趙荼和宋潮風也被四周氣氛影響，舉起兵刃大聲響應。

在場只有韓非一人默不作聲，他看著四周眾人幾近瘋狂的臉孔，心中一片茫然，忽覺自己與眾人格格不入。韓非搖了搖頭，他不知自己為何有此感覺，正想把這心情告知師父，話到口邊卻又是說不出來，心道：「待日後再問師父罷，此刻還是專心當下要緊。」

滔滔江水向東流，果如陶鐵手所料，他們夜渡陽江直奔南海，趁著濃霧之便，河賊一眾竟遲遲沒有發現。直到兵臨城下，河賊才倉猝迎擊，立馬就被民兵殺了個措手不及。

「殺!!」

殺聲震天，按著之前商討好的陣型，民兵由陶鐵手與彼岸帶領，向著南海河賊的主寨衝殺過去。

身處右翼的韓非與吳恭復，正力抗著數倍於己的河賊。吳恭復外號鬼鞭蜈蚣，他所使的兵刃正是一條掛滿倒刺的長鞭，他排行第四，武功在眾人間也只遜於陶鐵手、彼岸與夏白，他此刻大開殺戒，身形翻滾，長鞭在手中猶如一條神出鬼沒的毒蛇，無數的河賊在吳恭復身邊紛紛倒下，看得年輕的韓非深感佩服。

右翼暫無危險，使得韓非能夠分心四處打量。他回頭遠遠望去，聽得身後傳來一聲怒吼，連忙回頭望去，但見夏白矮小的身軀躍在半空，手中的單刀在他身邊舞成一團光暈，夏白神態癲狂，如同野獸，敵人被他氣勢所懾，不敢靠近。宋潮風手持長杖，神情嚴肅，他臉上沒有夏白的狂態，冷靜地擊退夏白瘋狂刀網下的漏網之魚。

這勢如破竹的戰況，多得了陶鐵手的排陣：武功最高的陶鐵手與彼岸充當箭頭，自是所向披靡。左右二翼，各有武功僅次二人的夏白與吳恭復坐鎮，由再稍遜一籌的宋潮風與韓非輔助，武功最低、事前不同意突襲的趙荼則居中策應。如此一來，兩翼實力平均，便不容易被敵軍沖散，能有效保護箭頭。

源源不絕的敵人如蜂群一般湧上，被殺戮刺激的韓非漸漸忘記了不久前的迷茫，投入血腥的殺戮之中。他和吳恭復組成了堅硬的壁壘，堅拒不乏強手的河賊。

但隨著時間推移，陶鐵手一方人數上的劣勢漸漸顯露出來。當河賊所有的當家傾盤而出後，他們更是陷入了險境。

「三哥！三哥！」夏白慟恨的大吼從背後遙遙傳來。

韓非正自殺得眼紅，驟然聽得這喊叫聲，登時心神一分，險些被對手的單刀劈中，幸虧他反應極快，側身避開殺招。他這對手也非等閒之輩，乃賊眾的七當家，他手持雙刀，一刀劈空，另一刀立即補上，朝著韓非面門猛劈過去。

寒光一閃，如同奪目流星劃破夜空。

七當家的刀只停留在韓非面前數寸，他如同被點了穴道般原地站著，瞪著圓眼，目光漸漸往下瞧去。當他看到自己胸前沾滿從咽喉流出的鮮血時，七當家的眼神開始渙散，無力地往後倒下，再也沒有起來。

「好快的劍！」一道聲音從身旁傳來，韓非連忙側頭望去，但見眼前的人相貌與之前他所殺的十二當家十分相似，只是看上去略為年長一點。韓非目光下移，只見此人右手拿著一柄短斧，左手卻握著一條手持長鞭的斷臂！

韓非心中凜然，寒意從脊骨直上腦髓。

只因這斷臂的主人，正正就是吳恭復！

韓非顧目四盼，終於看到了不遠處的吳師叔。可此時的他已變成了一具缺少了右手，失去頭顱的屍體。

四周被染滿紅色，韓非放眼望去。原來不知不覺之間，不管是敵人還是並肩作戰的村民，都幾乎全部倒下，身旁是屍山血海，屍體完全掩蓋原來的地面，每走一步都踏在別人的身軀上。韓非腦袋漸漸陷入一片空白。看到的屍骸遍野，聽到的吶喊呼叫，聞到的陣陣血腥。漫天飛舞的血霧下，似乎挑動了他最原始的求生本能。

如野獸般的怒吼一聲，韓非舞動著長劍與眼前這武功比自己厲害的當家交戰。

他忘記了自己如何擋格，他忘記了自己如何閃避，他忘記了自己如何進攻。

忽然，腦袋一陣清醒，四肢百骸傳來劇痛，才警覺自己已渾身是傷。

「喝！」

耳畔傳來敵人的呼喝，但見對方身形晃動，倏地一個轉身，恰好避過自己前刺的長劍，短斧以迅雷之勢向著他的面門劈來！

韓非的腦袋根本作不出反應，但在本能驅使下，他身子一矮，雙手持劍向上擋格，恰恰把對方的短斧擋個正著。

「嗆!!」

兵刃相交發出長長的金屬摩擦聲，韓非順著來勢，身子如陀螺般急轉，對方想不到他有此一著，但聽「刷！」的一聲，長劍已劃破了對方的咽喉。

「好快的劍。」

那名當家一摸自己的咽喉，喃喃自語地道。忽然，鮮血在喉嚨如噴泉一樣洶湧而出，激射到半空之中。那當家沐浴在自己噴出的鮮血之下，他身子一軟，眼神渙散，無力地往後倒下，成為眾多屍體的一份子。

韓非「碰」的一聲跪倒在地，他累得頭昏腦漲，四肢已再使不出一絲力道，恐怕現在再來一個小卒，他也抵抗不了。

「非兒！非兒！」

耳畔傳來師父的呼叫，韓非立時精神一振，抬頭望去，看著彼岸紅彤彤的渾身染血，正一步一步向著自己走來時，心裡竟有些害怕，不自禁地向後退了數步。彼岸察覺到韓非的恐懼，心想徒兒初出茅廬就要參與如此慘烈的廝殺，害怕也是人之常理，於是便伸手輕拍韓非後背，柔聲安慰著對方。

忽然，遠處又傳來了喊殺聲，彼岸與韓非同時循聲望去，但見南海鎮中衝出來一幫手持農具的村民，向著己方殺奔過來。

此刻陶鐵手一方只有十來二十人生還，包括他自己、彼岸、夏白、趙荼和韓非，對方人數約有四五十人，足足是己方一倍，加上適才大戰已幾乎用盡力氣，如何再能戰鬥？陶鐵手立即大喊道：「是南海鎮的村民嗎？我們剛把河賊誅滅，你們……」他話說到一半，但那些南海鎮民卻如同中了邪一樣完全聽不見，手上的鋤頭鐮刀就向眾人猛攻過去！

「非兒，你先歇著！」彼岸正欲離開，卻感到手臂一重，原來是韓非伸手拉住了他。

彼岸回頭望去，但見韓非臉上沒有了平日的自信飛揚，取而代之是一臉悵然若失，往日注滿神采的眸子變得空洞無比。

韓非喃喃地道：「師父，他們是普通百姓啊！」彼岸一怔，還沒反應過來，身後已傳來慘叫聲，回過頭去見到己方的村民已有數個被敵人所殺，他掙開了徒兒的手，頭也不回地奔上前去。

韓非望著彼岸漸行越遠的背影，看著他拔出長劍攻向敵人，心裡面越不是味兒。這種感覺從被擊退夜襲的河賊時便在心內萌芽，但卻總是說不出來。直到現在，這感覺漸漸清晰，就似是一人從濃霧中漸漸步出一樣，現在已能看到輪廓。

忽然，韓非覺得身旁勁風撲來，此時他雖滿身是傷，但仍鼓起力氣閃避。定神一看，卻見來者卻是一名手持鐮刀的農婦。

「大娘……」韓非抬起右手，想讓對方冷靜。但農婦卻雙目通紅，嘶啞著聲音道：「你們天殺的狗雜種！殺千刀的混賬!!」

「大娘請住手！我們是來救……」韓非不忍對農婦下手，只能一步步後退，但對方仍勢若癲狂地向著自己撲來，吼道：「救？救什麼？」農婦揮舞著鐮刀，步步進逼：「你們算是什麼東西？你們算是什麼?!」

「那……那些河賊作惡多端，我們是來……」

「作惡多端？真正救了我們南海人的，是大當家！是他救了我們整個南海鎮!!廣陽官府亂徵重稅，廣陽商人只會欺壓榨乾，是大當家讓我們反抗！他，才是我們南海的英雄!!而你們，是一群為虎作倀的惡賊!!」

農婦的怒吼使得韓非心頭一震，後退時腳下不慎踏上了一具屍體，腳下一陣踉蹌摔倒在地！

「天殺的狗雜種！受死吧！」農婦嘴角上揚，她的叫聲響遍了整個戰場，手中的鐮刀高舉過頭，化成一道悲涼的弧線劈下。

「刷！」

血花四濺。

「噹啷！」

農婦手上的鐮刀掉落地上。

「砰！」

她咳出了最後一口血，仰天喃喃自語叫了兩聲，往後便倒。

韓非雙目圓瞪，身子如墜冰窟一樣顫個不停。過了好久才止住了顫抖。他的眼神中再無茫然，只因那朦朧不清的疑惑，此時已衝破了濃霧，清清楚楚地站在他的眼前。他被農婦的鐮刀劈中，左眼眼角至嘴角撕扯開一道可怖的傷口，血液從傷口汩汩流出，既是血，又似淚。

「非兒!!」彼岸等人剛才聽到農婦的叫聲連忙趕了過來，韓非放眼望去，發現連上自己也只剩餘五人生還。

「你……」彼岸正要上前安慰徒兒，忽然發現韓非眼眸如冰，神情冷漠，垂下頭不知想著什麼。略感不妥的眾人止住了腳步，不敢貿然上前。過了良久，韓非才緩緩抬起頭來，此刻的他面無表情，既非疲憊又非驚懼，那表情就似是木頭人一樣，寒冷的目光綻放出銳利的光芒，陶鐵手眾人與他目光相接時，均自心底一寒。

最後，韓非的雙眸定在彼岸身上，語調似是不帶任何感情般的平淡，徐徐問道：「師父，這就是你教我的俠道嗎？」

彼岸一愣，想要回答卻說不出口。此時，身旁的夏白搭嘴道：「我們為民除害，自是行俠之道！」

「殺死婦孺，害死村民，當真是俠？」韓非一邊說著，冷漠的目光一邊掃視眾人。那些被他目光掃過的人均是韓非的前輩，卻無一人此刻敢於與他那冰冷的目光對視。

「你們自覺行俠仗義，南海河賊死不足惜……」韓非劍指倒在地下那死不瞑目的農婦，道：

「在他們眼裡，河賊卻是俠，我們才是賊眾。」

「放屁！你……你還不也是把這農婦殺了麼？」夏白跺腳怒叫，韓非冷冷地看著他，回答道：「那是為了生存的本能，並非俠道。」

「適才我絲毫沒有想過廣陽，我只想著如何不死在敵人手上，我只想著要如何生存下去。」韓非字字如劍，刺在眾前輩心裡：「五百多條人名斷送我們手上，我們當真是俠？還是只是另外一幫惡賊而已？」

夏白終究性子烈，反駁不了對方，竟老羞成怒地走上前去一巴掌摑在韓非臉上，罵道：「胡說八道！你沒看到這幫惡賊如何作惡嗎？你沒看到他們如何殺害咱們兄弟麼？怎能對他們同情起來了?!」

韓非受了一掌，嘴角登時流血，配上臉上那道長長的傷疤，一張瘦臉更顯猙獰恐怖。他看著夏白，然後又再挨個望向其餘眾人，最後目光在彼岸身上停留了片刻。他緩緩收起了自己的長劍，平淡地點頭道：「原來，這就是俠。」

一言既罷，韓非轉身離開，彼岸立即走上前意欲挽留，他卻頭也不回，繼續離去。

彼岸正要再追，陶鐵手卻伸手搭住了二弟的肩膀，彼岸茫然地看了看大哥，又看了看韓非漸漸消失的背影，然後長長嘆了口氣。

他知道，那個心愛的徒兒再也不會回來了。

※※※

訴說舊事完畢，歐陽昭楞立原地。

他沒想到竟有如此一段往事，難怪師父從來不提韓非這個師兄，也從來沒有提及二十五年前南海鎮一事。

而韓非所問的那句「這是俠嗎？」，此時也不停在歐陽昭的腦袋裡盤旋，使得他腦中一片混亂，他雖感到有一絲不對，卻找不到任何理由去反駁辯解。就在他分神之際，忽覺小腹傳來一陣劇痛，原來韓非趁機一腳重重踹來，待他回過神來，韓非已後躍數步，重新拉開了彼此距離。

按著小腹痛處，歐陽昭問道：「你回來殺死他們，若只為了當年南海一事，為何又要嫁禍於我？」

韓非仰天大笑，道：「其帶劍者，聚徒屬，立節操，以顯其名，而犯五官之禁。」他雙眸凝視著歐陽昭，緩緩說道：「河賊劫廣陽濟南海，陶鐵手、彼岸殺南海救廣陽，兩者皆殺人，何以頌俠而貶盜？俠者以武犯禁，無權緝捕，亦無權殺賊，美其名行俠之道，也不過是一濫用私刑的殺人犯罷了。」

漸漸地，韓非面容開始扭曲，既似怨恨，又似憤怒，既似悲痛，又似癲狂，他咧嘴一笑，嘴角牽動臉上的傷疤，配合背後的鴻鴻火光，就如從無間地獄中爬出來的惡鬼一樣，他緊緊地盯著歐陽昭，咬牙切齒地道：「我回來，就是要撕破你們此等自命清高的大俠面具。我回來，就是要好好再問你們一次……」

「這，就是俠嗎？」

歐陽昭此刻方自得知，韓非並非單單對付自己，而是與過去的，現在的，日後的俠士為敵。對方的話歐陽昭雖覺不對，卻找不到理由反駁，二人只默默地對視半晌，正當他要開口之際，韓非卻搶先一步笑道：「我要是你，便不會繼續糾纏下去。」

看著歐陽昭的目光傳來詢問的神色，韓非嘴角微微上揚，道：「我在趙府放火，卻留了西院沒燒，你猜那是為了什麼？」

「廢話少說。」

歐陽昭皺眉回應，韓非邊笑邊後退，只說了四個字：「趙茶幼女。」

歐陽昭心中一凜，向著西面望去，趙府已陷入火海之中，唯獨最西的廂房只是剛剛被火勢波及。

「現在去，恐怕還來得及。」

火光映照下，韓非的臉顯得格外可怖。但歐陽昭絲毫不畏懼地直視對方，一字一字地道：「我不會讓你得逞。」

「說不定，你會比我更想殺死陶鐵手。」韓非自是明白歐陽昭這句的用意，他嘴角一牽，發出一聲既似冷酷，又像無奈的笑聲後，便轉身離開，幾個起落就消失在歐陽昭眼前。

歐陽昭愣立原地，心中千頭萬緒，過了好一會兒，他回頭望時，立時叫了一聲不好，原來趙荼也乘著二人對質時偷偷跑了。

「先不管了，救人要緊……」

火勢越來越大，整個趙家大院沒有一個角落能逃脫火海，歐陽昭心中萬般思緒，與韓非這一戰不但沒有讓他解開幾天以來的心結，反倒更加鬱結難受。

他沿著甬道來到西院，但見院子已有一半陷入火海。他走了進去，只見正中躺著一名女孩，歐陽昭想也不想立即衝進火海，把女孩抱在懷裡然後跑了出來。

烈焰滔天，歐陽昭伸手一探鼻息，發現女孩只是昏了過去。他心下稍安，把女孩輕輕負在背上，見火勢漸大，心想這終究不是久留之地，辨清方向，便從趙府西門離去。

走到西門前，歐陽昭見有一人全身著火，躺在門前地上毫無動靜，似已死去。他走前一看，原來這具屍體正是趙荼。

「他終究沒能活著離開。」歐陽昭心中感歎，然後想到負在背後的女孩，心道：「難道，這就是天道循環嗎？」

「快！快去救火！」

偏偏就在此時，四周傳來呼喊聲，同時聽得腳步聲響，原來是附近的居民看到趙院著火，紛紛自發前來救火，那些百姓急步奔來，歐陽昭猝不及防，正好與他們打了個照面！

歐陽昭立即暗叫不好，心想這裡滿地屍骸，自己又是從牢房中偷走出來，若被百姓認出，這趟冤屈恐怕怎樣也洗刷不清。他正要以衣襟遮擋面容，卻已晚了一步，為首的百姓已經把他認了出來，面露訝色，大聲叫道：「是……是歐陽昭！是歐陽昭殺人了！」

歐陽昭眺望過去，越來越多的百姓從遠方奔來。他本想把背後的女孩交託官府，但此刻他身前的百姓一片嘩然，盡是指責他喪心病狂，下手狠毒，歐陽昭百辭莫辯，就想把女孩留下然後離開。但轉念一想，不知韓非會否回來斬草除根，可若是自己等到捕快來到，他們必定把自己當作殺人兇手再次扣回牢中，這樣就再沒有人能阻止韓非了。

一念及此，歐陽昭長長嘆了口氣，只能帶著小女孩，轉身朝著反方向離去，幾個起落，那些百姓就再也看不到他的身影了。

第十二章　夢魘難耐

翌晨，霧氣不但不散，還下著綿綿細雨，濕答答的天氣讓人渾身提不起勁。

廣陽城與千竹林間的大道上有數家相連茶寮供途人歇息。時近午時，是茶寮最當旺的時候。老闆早早煮了熱茶招呼客人，坐在茶寮裡的有準備回村的農家獵戶，也有離城西行的商旅。

「唉，這大霧過了三四日依然不散，今天居然還下起雨來。」一名農夫因天氣不佳，他的農作幾天都賣不出去，正在自言自語哀聲怨道。他身邊一名身披麻布的漢子搭嘴道：「我說大哥你還是別再怨天怨地了！這段日子咱廣陽就如中邪一般，海沙幫、西禪寺、月牙灣村、還有趙院，唉！全是滅門慘案，也不知是否災星落到廣陽，當真令人提心吊膽。」

「海沙幫夏白也算是惡貫滿盈，反倒是彼岸與至善兩位大師德高望重，唉，竟落得與夏白同一下場，真是可惜得很！」

「嘖嘖嘖，此言差矣。」一名較年長的商人道：「夏白初來廣陽之時，乃江湖上鼎鼎有名的狂刀夏白，頗有俠名，只是十年前不知為何忽然落草為寇去了。」

另外一名商人似是不以為然，搖頭道：「這些江湖渾人，為了混口飯吃，有啥不敢幹？就說這幾件事，犯案那人沽名釣譽，下起手來卻是狠辣無比。」

「哦？」被他搶白的年長商人看起來脾氣甚好，也沒動氣，反而問道：「這位相公難道知道內情？」

「欸？看來你們這幾天應該沒有進城，這些凶案都是出自一人之手，那人就是歐陽昭!!」

一言既出，茶寮內不少人「哦」了一聲，面露驚歎；有的則是早早知道這個傳聞，默默點頭。

那商人看到茶寮眾人都看著自己，有點自鳴得意地呷了口茶，道：「現在城內雖有通緝歐陽昭的告示，卻無列明原因，諒你們也不知道。我妹夫在衙門當差，他說海沙幫伏屍的船上留有歐陽昭的名字；西禪寺中生還的小沙彌親眼目睹歐陽昭殺死至善彼岸；月牙灣村慘劇時歐陽昭又碰巧在場，還被崖大捕頭親手捉捕歸案；至於昨夜趙宅發生慘案時，許多趕去救火的百姓都親眼看見歐陽昭，更看到他挾持了一名幼女離開。你說，這不是證據確鑿嗎？」

眾人長長「哦」了一聲，其中有人更驚呼道：「想不到歐陽昭平日道貌岸然，竟做出如此喪盡天良的事情！」

此時，茶寮的角落傳來一聲若有若無的嘆息。嘆息的主人正是身穿擋雨簑衣，頭戴簑帽擋住面目的歐陽昭，他身旁坐著同樣身披簑衣簑帽的趙倩彤。

趙倩彤醒來之後，眼前是陌生的歐陽昭與陌生的地方，但趙倩彤沒有驚惶失措，沒有大哭大鬧，反應極其冷漠，只一聲不吭地看著歐陽昭。不管後者如何逗她說話，不管如何解釋自己如何救她，趙倩彤始終沒有對歐陽昭說過半句話。

歐陽昭雖不是一個對小孩束手無策的粗豪漢子，但趙倩彤如此反常的反應也讓他一籌莫展。幸虧他給趙倩彤乾糧時後者毫不猶豫地全部吃了，才不至於讓歐陽昭太過煩惱。

此刻在茶寮內聽人說起趙家慘案，歐陽昭側眼看了看趙倩彤，本來還擔心小女孩有所反應，卻見對方垂下頭，眼觀鼻鼻觀心，似是沒有聽到一樣。

忽然，一把聲音把歐陽昭從思緒中拉回現實。

「不！昭仔絕不會做出如此喪心病狂的事!!」

歐陽昭抬頭望去，說話之人他也認得，正是城西的陳老闆，他押解廣陽小鬼進城時還曾與對方閒聊過幾句。陳老闆怒不可遏，拍案而起高聲道：「昭仔向來古道熱腸，怎會做得出這等惡行?!十年前若非是他誅滅嶺南山賊，廣陽哪有這幾年的安穩？他必定是被冤枉的！」

「人會變，月會圓。二十年前任誰也想不到夏白會落草為寇啊！」

「放屁！夏白是夏白！昭仔是昭仔！怎能混為一談?!」

「都是江湖渾人，誰知道哪天他會胡亂殺人？現在官府都通緝他了，還能有假的嗎？」

陳老闆激動得指著說話之人的鼻子咒罵，其他人一人一句加入戰團，有的相信歐陽昭為人，有的卻說歐陽昭肯定是兇手。兩幫人越說越兇，差點挽起衣袖就打了起來。茶寮的掌櫃勸了又勸，才能壓住雙方的怒氣。

歐陽昭百感交集，不願再留在此地，付了茶錢便拉著趙倩彤默然離開。他聽著兩幫人為他爭吵，忽然想起在牢房裡作的惡夢，想不到竟成了事實。

「其帶劍者，聚徒屬，立節操，以顯其名，而犯五官之禁。我何須毀你名聲？你本來不就是麼？」

韓非的話又在腦中想起，歐陽昭茫然若失，心中感慨萬分。

他們再走了一個時辰便抵達千竹林。歐陽昭帶著趙倩彤在林間穿梭，不久便越過了西禪寺，歐陽昭再往北行，不遠處有一間茅房立於竹林之間。這茅房乃歐陽昭與崖繼之年少時偷偷搭建，用作玩樂偷閒之用，故此也就簡陋得很，牆壁只是用竹子隨意搭建，房子中間開了一個大洞就當作是門。

歐陽昭進了茅房，裡面的木桌木椅都已佈滿灰塵，他但覺物是人非，心中感慨萬分，輕輕歎了口氣，從附近的文竹上折了一小枝，把灰塵輕輕掃走。

趙倩彤跟在歐陽昭身後，那雙亮晶晶的眼睛一眨不眨地盯視著這陌生人，瘦小的身軀不時顫抖，一張本該白裡透紅的小臉此刻煞白如紙。歐陽昭打掃完後回過身來，看到趙倩彤依然離得自己遠遠的，充滿戒備地盯著自己，又是長長歎了口氣。

把茅房打掃完畢，歐陽昭取了一些乾草鋪在地上，然後對趙倩彤道：「小姑娘，你要睡就睡這裡，若要去方便的話，到外面的草叢便可。」趙倩彤走進茅房，並沒坐在乾草或是椅子上，她選了一個最黑的角落蹲坐下去，整個人瑟縮成一團，不讓歐陽昭瞧見自己，但那雙亮晶晶的眸子還是沒有離開過對方。

歐陽昭也無可奈何，只能坐在乾草上挨著椅子，默默想著今後該何去何從。

「趙荼既死，韓非的目標只剩餘陶幫主一人，陶幫主向來義薄雲天，與趙荼又是結拜兄弟，把這小姑娘交給他照顧自是沒有問題，還可以順道告知他韓非之事。但現在人人皆道我是殺害趙荼一家的凶手，也不知陶幫主會否信我……咦？」

「師兄曾說要到九龍幫調查五石散一案，按他作風，師父去世那夜必定先趕往西禪寺，那小沙彌指證我的口供自是韓非威逼，就算毫無破綻師兄也不會盲目相信。他既知我冤枉，便會按原定計劃先到九龍幫調查。師父與夏白相繼被殺，陶幫主既是他們結拜兄弟，自是猜到凶手乃是韓非。此刻官府依然認為我是真凶，莫非是師兄佈局引韓非現身？」

「不不不！倘若師兄佈局，趙荼一家定能幸免於難！那就是說……陶幫主沒有把前事告知師兄？為何他要這般做？」想到此處，歐陽昭倏地心底一寒，暗道：「人命關天，陶鐵手又是眾兄弟之首，沒有任何隱瞞的理由，反之而言，趙荼販賣五石散一事，他又會否知情？」歐陽昭越想越多，忽然想起韓非昨夜說的一句話：「說不定，你比我更想殺掉陶鐵手。」

「難道陶鐵手也是販賣五石散一夥？」歐陽昭推敲下去，不期然背後涼颼颼的一陣寒涼，把連日發生的事連在一起後，更多的疑竇出現在他面前。但即使他所猜想的與事實相當接近，他也沒有真憑實據，空自懷疑也不敢確定，只是如此一來，把趙倩彤送到九龍幫的念頭自自然然就打消了。

想起趙倩彤，歐陽昭斜斜偷看了一下對方，心中又增添疑惑：「為何韓非不殺她？莫非是良心發現，不欲濫殺無辜？或是有什麼目的？」他想了很多個理由，但每個理由都似是而非，得不到答案。

越是思考，越是得不到答案；越是去猜度韓非的用意，越是陷入迷茫之中。奔波了整夜的歐陽昭心力交瘁，實在累透，終於想著想著就睡倒過去。

睡夢之中，歐陽昭夢到自己雙手被縛在身後，跪在一個木臺上，木臺前方有一棚子，正中坐著知府大人。四周喧嘩無比，歐陽昭環顧一下，四周全是對著自己指罵的百姓。

「這……這是要砍我的頭嗎？」驚懼如冷鋒一樣從脊骨直達腦門，歐陽昭扭頭望去，果見身旁有著手持單刀的劊子手。

夢中之人不知夢，歐陽昭立即大喊冤枉，但知府大人依然充耳不聞，四周的百姓依然對著自己指罵，不論後者如何大聲申冤也不為所動。

過了一會，知府大人站了起來，朗聲道：「惡犯歐陽昭，先後謀害海沙幫一眾、彼岸、至善兩位大師、趙茶一家七十餘口。還有濫用私刑，十年前殺死嶺南山賊數十人，私自緝捕廣陽二鬼，罪行之多，簡直是罄竹難書，罪無可恕！」一邊說著，一邊取起令牌，然後扔在地上，喊道：「午時已至，斬！」

歐陽昭如墜冰窟，大喊道：「知府大人！師父對在下恩重如山，我怎會對恩師痛下殺手？」此刻，劊子手緩緩向著歐陽昭走來，以譏笑的語氣道：「你為何動手，並不重要……」

聽到這把聲音，歐陽昭渾身一震，瞧向聲音的來源……

「重要的是，這些人確實為你所殺。」

那獰笑的面孔，那兩道從眼角延伸至嘴角的傷疤。

「韓非！」歐陽昭大聲叫嚷，但身邊的人似是聽不到他的聲音，只面無表情地看著他。

「歐陽昭是韓非，韓非就是歐陽昭……均是殺人者，有何分別？」

韓非的戲謔聲從四面八方傳入歐陽昭耳中，如刺針一樣扎著他的腦袋，歐陽昭歇斯底里抓著自己的頭大叫，忽然，本來被縛著的雙手忽覺一陣輕鬆，本來在他身旁的衙役消失無蹤，歐陽昭愕然抬頭，四周的百姓也不知為何閉上了嘴，只默默地注視著他。

倏地，歐陽昭手上憑空多了一柄長劍，他幾是沒有思考，長劍遞出，刺進了韓非的肩膀。

「呀!!」

明明刺中對方，卻覺自己肩膀一痛，低頭望去，肩膀上竟然鮮血並流！

韓非肩上插著長劍，歪著頭把劍拔出，笑道：「你和我，根本一樣。」

「殺人凶手……殺人凶手……」

身後的百姓異口同聲地叫喊，漸漸，兩旁的衙役，甚至連知府也在重複說著這句話。

「殺人凶手……殺人凶手……」

「看，是吧？」韓非高舉長劍，臉上邪笑更盛：「你那染滿鮮血的雙手，跟我毫無二致。」

「不!!不!!」

長劍劈下，歐陽昭感到一陣真實的劇痛，使得他立刻從夢境中驚醒過來。略一定神，立即又嚇一跳。

原來趙倩彤雙手拿著歐陽昭的佩劍刺進了他的左肩，歐陽昭連忙向後滾開，趙倩彤也沒追上，顫抖的雙手依然緊緊握住劍柄，打轉的淚水奪眶而出，在吹彈可破的小臉上劃出淚痕，如一顆顆珠子掉落地上。淚眼下的稚臉充滿忿恨，粗重的呼吸使得小小身軀一起一伏。

歐陽昭低頭查看傷勢，幸好長劍只是刺進肌肉幾寸，沒有傷到筋骨。二人沉默相對片刻，歐陽昭嘆道：「你終究不相信我。」

「還我爹爹……還我娘親……」

「小姑娘，且聽在下一言……」

「還我爹爹!!還我娘親!!」

「在下並非害你全家那人……」

「你是！你是！」趙倩彤越說越激動，她伸手擦了擦淚水，泣道：「那些人都說你是！」

歐陽昭一怔，知道她口中的「那些人」一定是茶寮裡討論此事的人，道：「你昨夜難道沒有看到那人面容？否則怎會認定是我？」話剛出口，立馬後悔，心想趙倩彤適逢巨變，不該如此勾起對方惡夢。

果然，趙倩彤臉色一白，似是想起昨夜之事，她渾身一震，喃喃地道：「不是……不是……」歐陽昭看著她可憐兮兮的模樣，也於心不忍，但見趙倩彤目光瞧向自己雙手，忽然大叫道：「你是！你就是！你們都是用這害人的東西！」趙倩彤跺腳大叫，哭得如梨花帶雨，著實令人心疼。

歐陽昭再也無言以對，他默默看著女童手上握住的那柄「害人的東西」，他想起大牢中的夢境，又想起剛才的夢境，更憶起韓非的一字一詞。

是一樣嗎？

自己與韓非當真一樣嗎？

「小姑娘，在你眼裡，或許我跟害你家人的惡徒毫無二致……」歐陽昭心灰意冷地坐在地上包紮傷口，也不管趙倩彤是否理解，緩緩地道：「既然如此，在下再費唇舌也是枉然……」他瞄了一眼對方手中的長劍，續道：「小姑娘還是放下手中那害人的東西吧，你若用它傷人，豈不也成為了你口中惡徒？」

趙倩彤似懂非懂地點了點頭，既想放下長劍，卻又沒有放手。

「只要手上沒有鮮血才是清白……小姑娘，請你謹記這點，日後不論如何也不能再傷人了。」歐陽昭走近對方，緩緩伸手從趙倩彤手中取回長劍。趙倩彤本來略帶驚恐地向後退開，可她看到歐陽昭落寞的神色時，似是忽然感受到對方的無奈與苦澀，就放開了手，任對方取回兵器。

沉默在屋內蔓延，二人相對無言，歐陽昭心道：「這小姑娘既對我有成見，帶她回城萬一大吵大鬧起來，我可是難以輕易逃脫。反正西禪寺就在附近，要小沙彌送她回去官府也比較容易。雖然他誣告我，但看他膽小怕事的模樣，到時候威逼一下他便可以了。」

下定決心後，歐陽昭向趙倩彤道明自己想法，趙倩彤此時也止住了哭泣，經過適才的宣泄，此時看著歐陽昭的目光雖是少了幾分怨恨，但仍是充滿戒備。她聽到歐陽昭的話後也沒有什麼回應，只默默望了對方一眼，然後又再垂下了頭。

歐陽昭望了望天色，見到已經入夜，於是決定天亮後再出發。

這一夜歐陽昭雖再無惡夢，但終究心事繁瑣，也睡得不甚安穩。翌日依然下著毛毛細雨，二人披上簑衣，向著西禪寺方向走去。

二人渡步而行，一路無話，很快就去到目的地。趙倩彤遙遙望去，見到半開的朱紅色大門，想起往年多次隨父母兄長前來拜佛，悲從中來，眼淚就要奪眶而出。她立即竭力忍著，正欲伸手抹掉眼淚，一隻大手忽然抓住自己，原來歐陽昭一直留意著她，見她反應心中也猜到一二，柔聲安慰道：「小小年紀，不用硬撐。」

一聽此話，壓抑已久的趙倩彤按捺不住，又再抽泣起來。歐陽昭輕輕拍對方的後背，道：「我也是昨夜才得知你父親與我師父乃八拜之交，雖然你父……」他說到一半就止住，趙倩彤抬起頭，臉上盡是雨水和淚水，她問道：「那人說爹爹萬惡不赦，害人不淺……我爹爹果真如此嗎？我爹爹是壞人嗎？」

歐陽昭本不欲在趙倩彤面前說趙荼壞話，卻冷不防這小孩竟當面詢問，使他躊躇半晌，不知如何作答。二人再向前走了幾步，歐陽昭忽然一怔，似是察覺了什麼似的，立即捂住小童的嘴巴，輕聲道：「別作聲!!」

趙倩彤嚇了一跳，以為對方要做什麼，待看到歐陽昭目光一直瞧向前方才心下稍安，順著對方目光望去，但見寺門半開，隱隱約約裡面有呼救聲傳出來。

歐陽昭神色肅然，輕輕抱起趙倩彤，施展輕功跳進廟裡。

此刻的他全神貫注，沒有注意到趙倩彤在驚恐下，緊緊抱住了他。

第十三章　西禪寺中

歐陽昭聽得聲音從西邊小殿傳來，展開身形急奔過去。遙遙望去，西殿正門有數人手持利刃把守，看服飾是官府中人。歐陽昭心想如此正好，把趙倩彤交予對方便可，但不知怎地心裡又隱隱覺得不妥，他手上雖然抱著一人，但仍能無聲無息地繞過了門衛目光，從側門入殿，靜悄悄地躲在神像身後。

歐陽昭輕輕放下趙倩彤，做個手勢示意對方不要說話，然後才探頭往殿內張望。

「是他！」

小殿內，但見小沙彌面朝神像，四肢朝天躺在地上，他身前站著的三人均穿衙門服飾，由於背對自己，歐陽昭認不得這三人是誰，但憑身材高矮來看，崖繼之並不在內。他再仔細一看，只見小沙彌滿臉驚慌，躺在地上竭力向後挪移，似是怕極了眼前之人。三名捕快半包圍著小沙彌，為首一人從腰間拔出單刀，虛晃了兩下，喝問道：「我再問一次！你是說還是不說?!」

「是岳秀琰。」歐陽昭認得這把聲音，心道：「有什麼事情要逼問小沙彌？莫非師兄終於查到韓非的身分？」想到此處歐陽昭又喜又愁，暗道：「對！小沙彌誣告我必是受韓非威脅，可就算如此，他也不見得會知道韓非所在吧？」

只見小沙彌不住搖頭，連聲道：「施主，小僧……小僧並不知道你說的……哎喲！」話沒說完，他已被岳秀琰一腳踹中小腹，但見後者揪起小沙彌，然後又重重摔落地上，喝道：「我勸你還是別再裝神弄鬼！不然官爺爺對你來個手起刀落！送你去見至善和尚！」

歐陽昭聽到岳秀琰出言不遜，心中略感不喜：「這岳秀琰說話怎沒個輕重？」話雖如此，但他也想快點知道韓非藏身地點，小沙彌在地上縮成一團，叫嚷道：「施主，小僧真的不知！你們說的那幾人，小僧都從未見過！哎喲哎喲！」

岳秀琰一腳腳踢在小沙彌身上，在對方灰色的僧袍上增添一個又一個黑色的鞋印，他邊踢邊罵道：「我們一路追來，痕跡明明就到西禪寺為止，難道你說是官爺們錯了？」

「不敢！不敢！饒命啊！」小沙彌大聲求饒，但岳秀琰餘氣未消，依然踹個不停，反是另外兩名捕快齊聲勸道：「岳大哥先別動氣，要是把他弄死了，我們可就斷了線索。」岳秀琰聽得有理，哼了一聲，吐了口口水在小沙彌身上才停了下來。

「這小沙彌縱使可惡，也不至於要如此動武吧？」歐陽昭雖覺捕快過分，但現在只能耐著性子聽下去。

小沙彌一直推說不知，神情又不似作偽，三名捕快知道再逼問也是枉然，於是三人回過頭來低聲商討，歐陽昭連忙躲回神像後，不再探頭偷看。

其中一名捕快道：「岳大哥，那廝狡猾無比，會否真的不在此處？」

岳秀琰道：「他受傷不輕，逃不了多遠。而且那廝對此處熟悉，不藏身在此還能在哪？」

歐陽昭聽到韓非受傷，心中稍覺奇怪，然後仔細回憶交手時的情景，韓非確實似是有傷在身。

「嘿！以為那天已把他打死，誰能想到他竟福大命大，居然還活著，還搭上了廣陽二鬼……」岳秀琰沉吟道：「得快點找他出來才行。」

歐陽昭心道：「廣陽二鬼又搭上韓非了？當真狗改不了吃屎。但韓非的傷勢竟有如此嚴重？是師兄下的手嗎？」想到此處，不禁擔心起來：「韓非雖有傷在身，可也不能掉以輕心，師兄不在此處，難道也是受了什麼傷？」他很想現身詢問崖繼之的狀況，可自己身為欽犯，實在不敢貿然現身徒增誤會。

「岳大哥不用太過擔心，他終究只有一人，而且受了重傷，即使加上廣陽二鬼，也不怕壞了大事。反是要趕緊把另外那人找出來，否則上面怪罪下來，你我都難以交代。」

「另外那人？」歐陽昭覺得奇怪，心中暗忖：「這案子還有誰能比韓非重要？」

岳秀琰默然不語，其餘兩人也不敢出言打擾，過了一會前者才道：「你們說得有理，只要解決掉那神祕人，把失去的貨物找出來，毀屍滅跡。日後就算有人追查，也是死無對證，奈何不了我們。」

「他們到底在說什麼？」歐陽昭越聽越奇，心中浮出一個又一個的謎團。

此時，三名捕快似是達成共識，回過頭來繼續盤問小沙彌，歐陽昭聽到小沙彌連聲呼叫，探頭望去，原來岳秀琰腳踏小沙彌的脛骨不斷施力，脛骨喀啦喀啦的響個不停，像是隨時就要被岳秀琰踩斷似的。

「小沙彌，官爺現在問你的話，你最好老老實實作答，第一，你有看到過剛剛我們提到的三個人嗎？」

小沙彌一路搖頭，一路痛得直呼救命，岳秀琰冷笑道：「好，官爺姑且信你。你好好作答，我們自不為難你，倘若有半句謊言，我們定能讓你生不如死！」言罷鬆開了腳。小沙彌立即如釋重負，躺在地上大聲喘氣。

岳秀琰不待對方休息，追問道：「第二，當天彼岸與至善被殺，當真乃歐陽昭所為？」他一邊說著，右腳又再踏在對方腳骨上，小沙彌嚇得向後挪了一挪，沙啞著聲音道：「不是！不是！不是！他們都不是歐陽昭所殺的！」

「為何你當日會說是歐陽昭所為？」

「我……我受人所逼。」

「那是誰？」

「我……我不知道……」

「不知道？」

岳秀琰一咬牙，腳下添力，小沙彌的脛骨登時咯咯作響，痛得後者嘶聲大叫。歐陽昭心下不忍，卻忽然發現……

小沙彌的目光飄向自己的所處之地！

「不好！」歐陽昭立即縮回神像後，但聽小沙彌只是繼續喊痛，並無異樣，心下稍安，但也不敢再貿然伸頭出去。

「我……真的不知道，更何況，我又有何能耐知道呢？他只叫我誣陷歐陽昭，難道官大爺你們以為他還客客氣氣地跟我報上名來？」

「怎麼忽然如此多屁話?!」

「哎喲哎喲哎喲!!官爺息怒，官爺息怒。小僧真的不知那人姓甚名甚，只知道他又高又瘦，臉上有兩道疤痕，說起話來陰森可怖，欸，跟官大爺你這正氣凜然的截然不同，差天共地……」

小沙彌說話忽然顛三倒四，岳秀琰啼笑皆非，呸了一聲然後罵道：「廢話少說！那人還有什麼特徵？」

「他的輕功很厲害，直如神出鬼沒！」小沙彌似是想起韓非可怖的身手，身子不自禁地發起抖來。

捕快們互視一眼，再盤問幾句，小沙彌也答不出一些有用的訊息，岳秀琰頓了一頓，問道：「那人除了叫你誣告歐陽昭外還吩咐你做什麼？」

小沙彌不停搖頭，過了一會，卻忽然似想起了什麼，大聲道：「對！對！對！還有！還有！」

岳秀琰等人立即問：「是什麼？」

「就前兩天，那天晚上小僧正念經做功課，好不容易才念完一次金剛經，官爺們啊，你可知道，這金剛經……（岳秀琰怒喝：廢話少說！）好的好的好的，然後小僧就回房準備睡覺，哎喲，這幾天噩耗接二連三，師父和彼岸大師屍骨未寒，教我如何安睡？我輾轉反側了一個時辰，忽然人有三急就要去解手，結果你猜居然看到誰？」

岳秀琰心想這小沙彌也不知是否受了驚嚇，平日膽怯的他竟忽然廢話連篇，他越聽越怒，正要出言呵斥，卻聽對方說道：「就是那個人！他也不知如何無聲無息地站在我面前，我一泡尿登時拉不出來！」

「你敢再說廢話！我就立即打斷你兩條狗腿！」岳秀琰再也按捺不住大聲斥罵。小沙彌果然臉色一白，似是終於意識到自己放肆，唯唯諾諾地點頭，恢復平日的膽怯，吞吞吐吐地道：「他叫我翌日在菜市場散播消息，說崖大捕頭已經找到趙荼的倉庫……」

「倉庫?!他為何要這樣做？」三名捕快齊聲驚呼，歐陽昭早知韓非此舉的目的，在神像後默默點頭，可是轉念一想，又覺得有點奇怪，心道：「咦？當時大鬼可沒說過韓非指使小沙彌，莫非此事連他也被韓非蒙在鼓裡？」

此時，岳秀琰又再追問：「那人有跟你說過倉庫內是何種貨物嗎？」

「他怎會告訴我？」小沙彌失笑回應，他側頭想了想，忽然雙掌一拍，道：「幾位官爺，難道說這倉庫內放著什麼寶物？你們剛剛問小僧廣陽二鬼的下落，難道說他們下一目標就是這些寶物？要是真的話，你們可要小心一點。」

三名捕快冷笑兩聲，其中一人隨口笑著問道：「小心廣陽二鬼？此話怎說？」

小沙彌戒備地看看四周，壓低聲線道：「廣陽二鬼妙手空空，輕功之高無人能比，就算是昔日彼岸大師尚在時，亦常稱讚二人手段高明，來去不留行跡。官爺你說，若倉庫內寶物被他們盯上，那還得了？」

三名捕快朗聲大笑，神像後的趙倩彤不知事情嚴重，只覺這小沙彌說話有趣，這刻竟有點忘記自己的傷痛，正要面露微笑時，抬頭看到歐陽昭緊皺眉頭，若有所思，不由得楞了一楞。

岳秀琰等人也不再理睬小沙彌，低聲商討著。

「果然，貨倉的地址是那神祕人透露出去的。」

「只是貨倉如此隱秘，他又是如何得知？」

「他既有備而來，自是有方法查到。幸虧當天下手得早，不然那廝追查下去，你我也討不了好。」

「說起那廝，若是他回到廣陽……」

「不必擔心，守門的衛兵都是咱們的人，我已知會他們，若見到那廝的蹤影，一概格殺勿論！」

「好了，別再擔心了，現在我們的目的是要找出神祕人，只是不知道他藏身之處在哪……」

歐陽昭一路聽著，不期然把多日以來發生的事情與岳秀琰等人說的話連在一起，那躲藏在黑暗中的真相在他腦中終於變得清晰。

待想通一切，他的表情從沉默，到愕然，到驚怒交加，再轉為沉默，猶如變幻無常的天色，去到最後，眉目間的迷霧散去，他終於露出恍然的神色。

歐陽昭低頭思量良久，然後對著趙倩彤輕聲說道：「別作聲，別出去。」後者聽罷一臉茫然地回看著他，但歐陽昭已從神像後縱身躍出，笑道：「嘿！你們不知道嗎？我可知道！」

不但是三人，連守在大門的幾個捕快也嚇一跳。頃刻間，拔刀聲大響，殿內登時刀光閃爍，岳秀琰大聲喝道：「來者何人？報上名來！」

歐陽昭視身邊刀光劍影於無物，氣定神閒地渡步而出，走到眾人身前。眾捕快面面相覷，岳秀琰失聲道：「歐……歐陽昭！」

歐陽昭掃視眾人，抿嘴笑道：「還是把兵器收起來罷，單憑你們，還沒有本事傷得了我。」他這句話雖是狂妄，但眾人均知他所說的話並無半點誇張。崖繼之的武功已非他們所及，更何況是這個更為厲害的南天神劍？岳秀琰向餘人點了點頭，眾人垂下兵刃，雙目一眨不眨地看著歐陽昭。

歐陽昭不理眾人目光，徑直盤膝坐在殿中地板，凝視著小沙彌。後者不屑地「嗤」了一聲，低聲道：「看什麼？沒見過如此俊秀的和尚麼？」

歐陽昭微微一笑，目光轉向岳秀琰等人。眾人也不知他有何目的，不敢作聲。彼此沉默了好一會兒，歐陽昭緩緩地道：「你們剛才所說的，我在神像後聽得一清二楚。」他目光漸趨嚴厲，如利刃一般直指眾人，一字一字地道：「你們要找的人，我知道在哪裡。包括趙荼遺失的五石散，我也知道那人藏於何處。」

聽到父親的名字，神像後的趙倩彤全身一抖，幾乎發出聲響，幸虧岳秀琰眾人也是心頭一震，沒有留意。

岳秀琰看了看同僚，又看了看歐陽昭，狐疑地道：「趙荼……的五石散？這是怎麼回事？」

「別再佯作不知。」歐陽昭冷冷地道：「海沙幫夏白所劫走趙荼的五石散，後來夏白被殺，五石散不知所蹤。碰巧月牙灣村聘請的苦力逃走，趙荼遣人血洗月牙灣村，此事若無衙門中人照應，如何能如此順利？當晚月牙灣村遭逢滅頂之災，就連見慣風浪的師兄也顯得驚愕無比，倒是你們當時冷靜如常，就似是早知此事……」

「含血噴人！」岳秀琰斥道，但他身後的捕快卻是面面相覷，雖然嘴上沒說，但神情就似是對著同伴說：「當時真的如此嗎？」

歐陽昭見狀，立即冷笑了一下，續道：「是否如此你們自是心知肚明。你們剛才說若找不到那人便難以交待。你們口中的那人，就是殺害夏白、彼岸、趙荼的兇手，但你們要交待的，不會是知府，不會是崖繼之。而是趙荼的同黨，也就是你們真正的主子。在廣陽城能夠如此隻手遮天，安排手下混入衙門，又與趙荼有所淵源，只剩下一個人……」

「九龍幫幫主陶鐵手，我猜得沒錯吧？」

歐陽昭最後一句字字鏗鏘，擲地有聲，岳秀琰等人渾身一陣發抖，猶自強作鎮定地道：「胡說八道，你有何證據？」

「沒有。」歐陽昭雙手一攤，笑道：「如我所說，在下也只是猜測。若猜錯了，那在下拍拍屁股走了便是，你們便不會得知那人藏於何處。」

一聽這句，岳秀琰等人登時露出急躁的神色，歐陽昭看在眼裡，悠然自得地伸了一個懶腰，道：「你們是否已經去了一趟南海？」

「你……你怎麼知道？」岳秀琰身後一名捕快脫口而出，立即被前者瞪了一眼。歐陽昭笑了一笑，道：「因為我就是知道啊。」

「你們要找的那人，叫韓非，是我師父二十五年前的徒弟。師父、夏白、趙茶、韓非，他們也曾參與二十五年前殲滅南海賊眾的戰役，只是他們並無表露身分，所以無人得知。我相信陶鐵手叫你們前去南海時，並無說出這些前事吧？」

「我還是不明白你在說什麼。」岳秀琰沉聲道：「什麼陶幫主是我們的主子，什麼陶幫主叫我們去南海，根本毫無憑據，胡說八道。我們調查的是這幾天一連串的命案，歐陽昭，你身為嫌犯，不但越獄，還敢在我們面前大放厥詞。雖然你武功高強，我還是勸你束手就擒吧！」

歐陽昭冷冷看著岳秀琰，道：「你們不認也沒關係，我現在離去便是，反正陶鐵手怪罪的又不是我。」言罷便要作狀站起離開，岳秀琰怒喝一聲：「別走！」眾捕快紛紛提起兵器向前撲去。

忽然，眾人眼前出現一道白虹，但聽「嗆」的一聲響，眾捕快但覺勁風撲面，立即停下腳步。定神一看，歐陽昭已手持長劍站了起來，地上由左至右出現一道深深的劍痕。

「歐陽昭，你到底有何目的？」岳秀琰咬牙問道。

「簡單，我只要脫罪。」

歐陽昭淡然一笑，臉上流露出複雜的表情，他頓了一頓，緩緩地道：「我可以告訴你韓非藏身之處，我可以告訴你遺失的五石散下落，我可以不管陶鐵手的勾當，我更加可以不追究你們謀害了我的師兄，我只要自己的清白。」

第十四章　正邪分界

歐陽昭的話使得岳秀琰等人背後流下一陣冷汗，岳秀琰稍微一怔就神色恢復如常，但背後的捕快已驚懼地交換目光，歐陽昭心想這岳秀琰還真不是簡單角色，但見後者皺眉道：「什麼謀害大捕頭？盡在胡說八道！」

「還想砌詞狡辯嗎？你們適才口中的『那廝』，除了我師兄以外再無別人。師兄辦事一向雷厲風行，當日你們突襲趙茶五石散倉庫，若他尚在，此事今日必定傳遍廣陽，為何此時此刻趙茶的勾當仍然無人知曉？而且以師兄行事作風，怎麼不會親自前來西禪寺盤問小沙彌？你們談及口中『那廝』時臉帶懼色，唯恐那人生還回到廣陽，能讓你們如此懼怕的，除了我師兄以外難道還有別人？」

「嘿!!我們辦事何須跟你解釋？」

「依你所說，師兄若安然無恙的話，他現在身在何處？」

「大捕頭不需向我們交代，我們又怎知道他正在哪裡搜證？」

歐陽昭見岳秀琰對答如流，絲毫沒有露出破綻，腦中一轉，乾笑兩聲道：「那你們為何懼怕讓我師兄回城？」

岳秀琰朗聲大笑，道：「好笑好笑，原來歐陽昭也只是浪得虛名，東拼西凑胡亂編出一個毫無憑證的故事便來誣陷朝廷命官！若大捕頭知道你如此查案，想必定會失望得很。」

歐陽昭冷笑道：「好吧，岳捕頭如此說來，恐怕是在下猜錯了。不要緊，我現在就回城拜訪一下知府，諒你們剛才口中守城的自己人，不會攔得下區區在下吧？」

「你!!」

終於，岳秀琰露出一剎那如受驚毒蛇般的表情。看到他的失態，歐陽昭雙手一攤，笑道：「放眼廣陽城，除了你們的陶鐵手幫主之外，誰能阻得了在下？」他舉起一隻手指，一字一字地道：「我回到廣陽，第一件事就去找師兄，我們師兄弟武功查案均同出一脈，若他安然無恙，我總有方法把他找出來，只怕他遭到小人暗算，不在城中而已。」說到這裡，他對著岳秀琰冷冷一笑，對方這次卻是沉默不應。

歐陽昭舉起第二隻手指，續道：「第二，既然在下已是逃犯，也不怕破罐子摔破，我除了找師兄之外，也要去拜訪一下知府大人。要是他也是你們的人，我舉劍殺了便是，多添一個罪名也不打緊。但要是知府對你們與陶鐵手的關係毫不知情，你們倒是猜猜會如何？」

岳秀琰等人面面相覷，歐陽昭也不再說話，雙手抱胸，笑嘻嘻地看著他們。

過了好一會兒，岳秀琰終於低頭，緩緩地道：「好，你先說出那人藏身何處，貨物又在何處。待我們稟報陶幫主後，自會想辦法還你清白。」

「終究承認了吧？」歐陽昭心道，腦中想了一想，淡淡然道：「其實也很簡單，試想想韓非一人之力，如何能在你們發現夏白屍體前運走趙荼大批的五石散？」

「他說得也是，當晚陶幫主去到……」

「噓！」岳秀琰喝止手下說下去，不耐煩地道：「歐陽昭，此時此刻你就別賣關子了吧？」

雖然岳秀琰及時制止了手下說下去，但就這麼半句已讓歐陽昭得知一個事實：「原來陶鐵手當晚也去了現場。難道是韓非通知他的？他為何要這樣做？」

歐陽昭臉上不作聲色，腦中急轉試圖猜測當晚的狀況，道：「好歹你們也隨我師兄查案一段日子，怎地如此笨拙？陶鐵手依靠你們今時今日還能名利雙收，還真的走運。」

「嘿，歐陽昭，你也不見得好得哪去，若你真的如此厲害，何以被那韓非一而再再而三的栽贓嫁禍？」

歐陽昭不理岳秀琰的嘲諷，只冷笑著看著眾人，岳秀琰等人不知他正思考著韓非的動機，還道是自己說錯了話對方故意刁難，一時間彼此無言而對。過了一會，歐陽昭雖仍猜不到韓非的用意，但他出來之前心中已有說詞，便續道：「趙荼的貨物不少，要短時間運走，自是依靠水路。」

「你說的是……？」

「趙家武師的屍體，在日間時沉入江中，你們在下游打撈到他們的屍體，是也不是？」

「是又如何，這……」

「問題是，他們為什麼會在江中，而非在廣陽碼頭？」歐陽昭冷笑道：「按理來說，夏白領著海沙幫到碼頭搶走趙荼的貨物，守衛理論上應是他們所殺，為何夏白要帶著守衛的屍體離開？」

「言下之意，那些守衛並非海沙幫所殺，而是韓非所為？」

「正是。」

「韓非為何要這樣做？讓海沙幫和守衛先廝殺，自己坐擁漁翁之利不是更好麼？」岳秀琰問後，歐陽昭微笑不答，前者想了想恍然大悟地脫口道：「原來如此！碼頭位於城南，總舵卻在東郊，二者相距如此遙遠，要是在碼頭下手，他留下的那批貨幫主也未必會收下，反而會立即循水路追擊他……」說到這裡，岳秀琰才意識到自己說錯了話，立馬閉嘴不說，但歐陽昭已經心中了然：「原來當晚韓非留下一些五石散！對了，韓非此舉定是要勾起陶鐵手的貪念，分化他與趙荼的關係。也方便他自己運走剩下的貨。」

一念及此，歐陽昭思路登時暢通無阻，他笑了笑，道：「這也只是其一。第二，韓非先殺了碼頭守衛，想必是用木筏把屍體載到最後地點，用以阻截夏白一眾。第三，待擊殺夏白之後，他就能使用這些木筏，把剩餘的貨物沿著陽江運走。」

歐陽昭這一分析，岳秀琰等人齊齊點頭如搗蒜，長長地發出「哦」的一聲。

「依……依歐陽兄所說，韓非最後會把貨物送到哪裡？」歐陽昭見岳秀琰連稱呼也變了，心想對方終於相信自己，他接過眾人疑惑的目光，有條不紊地解釋道：「韓非自會知道陶鐵手很快會猜到他的身分，所以不會自投羅網把貨物送到南海。反之，他會放在一個看似危險，但無人會去查探的地方……」

「北秀山，南越王宮殿遺跡。」

眾人一陣恍然，岳秀琰想了好一會兒，問道：「歐陽兄，你……有十足把握？」

「要是在下沒有十足把握，也不會貿然出現在岳兄面前了。」歐陽昭站起走到岳秀琰身前，道：「若岳兄不嫌棄，不若帶著在下一起前往九龍幫總舵，向陶幫主稟報吧。」

「歐陽兄也想去拜會幫主？」岳秀琰奇道。

「若是岳兄覺得不方便，在下在此處靜候你們也可。」歐陽昭見好就收，他終究怕趙倩彤被對方發現，既然已獲得岳秀琰等人信任，就迫不及待想他們快點離去。

「那這個小沙彌……」岳秀琰目光瞥向地上的和尚，歐陽昭笑了笑，然後低聲道：「岳兄放心，我會讓他閉嘴的。」

岳秀琰點點頭，與歐陽昭走到大殿門前，對著歐陽昭拱了拱手，道：「歐陽兄，拜見幫主一事，還是等此事塵埃落定後再說吧。小弟先回去告知幫主，待此事完結後小弟必然會想盡辦法幫歐陽兄洗脫罪名。」言罷向眾捕快打了一個眼色，眾人收起兵刃，一直以來那劍拔弩張的氣氛也就緩和了下來。

「歐陽兄，我還有一個問題。你既要我們幫你脫罪，那崖繼之的事，你是不管了？」

歐陽昭不虞岳秀琰有此一問，先是一愣，隨即微笑道：「在下說過了，我現在只要自己的清白，其他的已無暇去管了。」岳秀琰也笑了一笑，點頭道：「如此甚好，其實以歐陽兄的身手和膽識，相信陶幫主也會重用閣下，此事之後，小弟會盡力向幫主引薦。以後歐陽兄飛黃騰達，切莫忘了小弟。」

「哪裡哪裡。」歐陽昭心中稍安，正要說幾句話打發對方，卻見岳秀琰左手搭在自己肩上，笑道：「當天崖繼之率眾前往趙荼的貨倉，還真把兄弟們都嚇了一跳，幸虧當然行動的都是咱自己人，去到天后廟附近時……咦！崖繼之?!」

岳秀琰忽然眼望遠處大喊，歐陽昭立即扭頭望去，但哪裡有崖繼之的人影？他心思轉得極快，立即察覺不妥，但終究慢了一步，一陣劇痛已從小腹傳來！

歐陽昭心感不妙，虧得他反應及時，甫一受傷，立即踢腿把岳秀琰踹開，低頭望去，一柄匕首已插進了自己的小腹！幸虧他適才稍稍後退一步，匕首只刺進小腹數吋，尚且是皮肉之傷，並不嚴重。

但他驚魂未定，已聽見岳秀琰大喊道：「眾兄弟！殺！」

「嗆！」

岳秀琰一聲令下，四處傳來兵刃出鞘聲，眾捕快齊齊拔出兵刃向著歐陽昭猛劈過去！歐陽昭心中不解為何對方忽然動手，但此時此景也由不得他細想，他右手一抖，長劍應聲揮出，在他面前織成一道光網，叮叮噹噹的把眾人的刀招架回去。

「難道我還是敗露了？」歐陽昭收斂心神，持劍右手平舉，劍尖指向剛剛扔下匕首，拔出單刀的岳秀琰。此時，其他捕快包圍著歐陽昭，然而眾人都只是高舉兵刃，誰也不敢率先向南天神劍動手。

「岳兄，是否有什麼誤會了？」歐陽昭心中保存一絲希望，淡淡地問道。岳秀琰冷笑一聲，道：「歐陽昭啊歐陽昭，你當真小瞧了我岳秀琰。你與崖繼之兄弟情深，廣陽城誰人不知？你歐陽昭為人如何，廣陽城誰人不曉？我們害了你師兄，怎會不怕你事後報仇？即使韓非的事你說得頭頭是道，但我們又怎會愚笨得相信你說為了自己清白而棄崖繼之不顧？」

聽到這裡，歐陽昭才醒悟適才岳秀琰乃故意試探自己，若自己當時猶豫多半晌，或許尚能騙過對方。他尚未來得及暗罵自己大意，岳秀琰已清喝一聲，三步併并作兩步，單刀從上而下直劈向自己的腦門。

「這岳秀琰竟膽敢獨自向我動手？當真不自量力！」歐陽昭一直壓制心中怒火，此刻對方率先動手，他也難以再作抑制。歐陽昭目光閃露出一陣寒意，看準岳秀琰單刀來勢，長劍一圈一搭，準確無誤地搭在刀背之上，歐陽昭右手輕輕一拉，立馬把岳秀琰威猛的劈斬卸在身側，然後長劍一轉一伸，寒光閃動，長劍如電光火石般刺向岳秀琰左肩！

歐陽昭由守轉攻，動作之快有如電光火石，岳秀琰只覺單刀一重，隨即眼前便是寒光閃動，他立即向後仰撤步，歐陽昭的長劍已在他左肩的衣襟上劃出一道口子。

短暫的交鋒，歐陽昭與岳秀琰同時心中驚訝。岳秀琰心道：「歐陽昭南天神劍的名號果是名不虛傳，由守轉攻，由柔變剛，竟能做得如此一氣呵成！」歐陽昭則心想：「想不到此人反應甚快，竟能及時避開我的劍招。」二人心中想著，手下卻是不停，兩柄兵刃叮叮噹噹地交鋒起來。

岳秀琰輸了一招，卻無半點膽怯，面對歐陽昭的快劍不但守得固若金湯，還能適時反擊，在圍觀的眾捕快眼中，二人身前都如罩上一團光暈，光暈交織發出悅耳的聲響。

但這些聲響，在神像後的趙倩彤耳中聽來便極不好受。她聽得這些兵刃相交聲，立即憶起前日家中慘劇，心中越來越慌，不其然地緊緊捂住耳朵，但聲音仍然不停傳入耳中，對她而言極是難受。

說回歐陽昭與岳秀琰，頃刻間二人已交手二十餘招，冷汗漸漸從岳秀琰額上留下。要知道歐陽昭的「眾生劍法」乃彼岸大師後期所創，這劍法殺傷力雖不如「伏魔劍法」，但剛柔並濟，比伏魔劍法精妙得多。

歐陽昭天資聰穎，在這劍法上的領悟極深，單憑劍法不論內力的話，恐怕只稍遜彼岸一籌。此刻他毫不留手，岳秀琰一開始仍能勉強招架，到二十招後漸感吃力，眼看自己也不知能不能再撐十招，岳秀琰把心一橫，心道：「沒辦法，只能賭一把了！」一念及此，岳秀琰單刀向歐陽昭猛然擲去，歐陽昭側頭避開，心中奇道：「他要幹嘛？」

歐陽昭還沒想完，岳秀琰已欺近身來，雙掌在懷前交錯抱圓，似要擊向自己胸膛。歐陽昭立即長劍一圈，意欲逼對方後退。豈知岳秀琰不但不退，雙掌翻飛，忽上忽下，忽慢忽快，歐陽昭但見眼前掌影重重疊疊，一時間看不清敵招來勢，只覺小腹傳來一陣痛楚，原來已被岳秀琰雙掌擊中！

這一掌岳秀琰用盡渾身解數，終於打得歐陽昭噴出一口鮮血，往後退了數步方才站穩。

「好傢伙！他的掌法竟如此精妙?!」歐陽昭心中喊了一聲，但見岳秀琰雙掌一錯，獰笑道：「好歹我也是陶幫主親傳弟子，歐陽昭，你太小瞧我了！兄弟們，動手！」他一聲令下，自己率先衝上，其他捕快也同時拔刀相助。

這一下，適才的情況立即逆轉。歐陽昭中了一掌後，小腹尚自翻騰不已，而岳秀琰與眾捕快一同搶攻，自是攻勢如虹，如同狂風暴雨。歐陽昭轉攻為守，小心翼翼地擋開對方的一招一式，想到這岳秀琰深藏不露，難怪能夠成功暗算崖繼之。他沉著氣一招招擋開對方的攻勢，想到被謀害的師兄，想到連日的冤屈，心中怒氣勃發，殺意驟起，他長劍一抖，棄守轉攻，長劍如變成一張光網，向著四旁圍攻眾人撒去。

「見鬼！」岳秀琰見此架勢，立即心感不妙，連忙向後退開。但聽呼救聲四起，然後噹啷噹啷的一陣聲響，好幾個同伴已同時手腕中劍，單刀墜落地上！

眼前一晃，黑影閃過，岳秀琰立即抬頭望去，歐陽昭已躍在半空，怒喝道：「往哪逃？」言罷，右手一揮，長劍從上而下直劈過來！

岳秀琰吃了一驚，連忙向旁避開，但聽「轟」的一聲，長劍在青石板地上劃出一道深坑，岳秀琰咬著牙著地滾開，從地上撿起單刀，右刀左掌向歐陽昭迎去！

「鐺!!」

岳秀琰猛劈過去的單刀，被歐陽昭橫劍格擋。

「吃我一掌！」

怒喝聲中，岳秀琰全力運於左掌，向歐陽昭胸口猛擊過去！

「砰!!」

一聲巨響，岳秀琰沒有擊中對方的胸膛。反是歐陽昭也舉起右手，與岳秀琰對了一掌！始終歐陽昭內力比岳秀琰深厚，雙掌一對，岳秀琰立即鮮血狂噴，整個人往後飛去，「轟」的一聲重重撞在神像跟前！

就在此時，神像後的趙倩彤聽得巨響，她再也按捺不住心中的恐懼，不自覺地「呀」的一聲驚呼出聲！

她這一叫，不但是歐陽昭，連岳秀琰等人都嚇了一跳，後者反應甚快，忍著劇痛著地一滾，飛快地向神像方向奔去。

「休想！」歐陽昭正欲阻止，但眾捕快已撿回兵刃，再次向他猛攻過去。歐陽昭心中雖是慌亂，但眼見白花花的單刀向自己劈來，只能舉劍擋格。但就這麼一緩，前方傳來一陣驚呼，歐陽昭定神一望，岳秀琰已抓住趙倩彤後頸，從神像後走了出來。

「居然是個女孩？」岳秀琰不認得趙倩彤，一臉疑惑地看了看她，又看了看歐陽昭。

歐陽昭怒喝道：「岳秀琰！快放了這位小姑娘！」

「我不放你又能如何？」岳秀琰一手掐著趙倩彤的脖子，冷笑道：「歐陽昭，你若要我饒這小娃兒一命也可，你就先自行了斷吧。」

「你可知道這是誰？她可是趙荼的遺女！趙荼乃陶鐵手的義弟，你若傷了他的女兒……」

「義弟又如何？」岳秀琰掐著趙倩彤的右手一緊，趙倩彤登時呼吸不了，小臉漸漸發充血發紅，一臉痛苦，連呼叫也叫不出來。

對方人質在手，歐陽昭也不得不忌憚，或許是看到對方臉上終於露出狼狽的神色，岳秀琰得意得張牙舞爪，獰笑道：「嘿嘿，真險，真險！歐陽昭啊歐陽昭，你還是早點自己了結罷了。放心，我們很快就把崖繼之送來見你，讓你們三師徒黃泉路上也不愁寂寞。」

歐陽昭腦中急謀對策，但見岳秀琰懷中的趙倩彤臉色漸漸發紫，已經不能再撐片刻。

忽然，本來躺在地上的小沙彌憑空躍起，向著岳秀琰後背一掌劈去！這一下突如其來，幾是毫無先兆，而且小沙彌動作迅速至極，眾人只見眼前出現一道灰影飄過，岳秀琰已應聲中掌！

岳秀琰猝然受襲，他也是嚇了一跳，小沙彌這掌雖不致命，但足以讓岳秀琰「哇！」的一聲鮮血狂噴，同時雙手一鬆，放開了趙倩彤。

岳秀琰猛然回頭，順勢用盡全力回掌劈向身後，他雖有傷在身，但始終師承陶鐵手，這掌夾帶風雷之聲來得極快，小沙彌根本來不及閃躲，只聽「砰」的一聲巨響，小沙彌就被鐵掌重重劈中前胸！

「啪啦!!」

震懾人心的骨裂聲響起，小沙彌如沙包一樣往後飛去，「砰」的一聲撞倒在神像面前。

劈倒小沙彌，岳秀琰雙目一瞪，他這才想起，自己的背門已全賣給歐陽昭，他以最快的速度回身，但當他剛剛轉正身子，但見一道虹光閃過，胸膛已傳來撕心裂肺的劇痛！

岳秀琰低頭一望，自己的胸膛已插著歐陽昭的長劍。他緩緩抬頭望去，眼前是滿臉怒容，卻眼泛淚光的歐陽昭。岳秀琰乾笑兩聲，干瞪著眼往後倒下，就此死去。

這一切變卦如電光火石，眾捕快根本反應不來，回過神來之時岳秀琰已成了一具尚自抖動的屍體。歐陽昭跪在地上，一手扶著猶自哭泣，驚魂未定的趙倩彤，另外一隻手卻半抱著口鼻溢血的小沙彌。

趙倩彤眼淚如珠子般墜落在地，朦朧淚眼看著歐陽昭，又看著這救了自己一命的小和尚，一時間泣不成聲。

「歐陽昭你……看……看什麼，沒有見過……如此俊秀的……和尚嗎？」小沙彌不斷咳血，強作笑容地道。此情此景，歐陽昭悲從中來，再也按捺不住，眼淚奪眶而出，心中百感交集，想要說些什麼，卻又卡在喉嚨說不出來。

小沙彌笑了一笑，道：「嘿，看……我大哥放了你一次，我救了你一次，你歐陽……昭，至少……至少欠我們……兩次。」他正面受了岳秀琰一掌，胸骨盡斷，此時全身軟綿綿的，口鼻溢血，眼看馬上就要撐不住了。

聽得他的話，歐陽昭不停地點頭，小沙彌笑了笑，用盡最後一分力往自己臉上一抹，露出了本來的面目，然後右手無力地垂了下來，就此閉目逝去。

「小鬼，安息吧。」

歐陽昭淚如雨下，瞬間，他想起了彼岸對他的教誨，想起崖繼之不斷勸他投身衙門，更想起了韓非的一字一詞。他緊緊地咬緊牙關，心中千濤百浪的翻騰不已。側眼望去，岳秀琰那張猙獰的臉孔映入眼簾。

「他身為朝廷命官，卻幹盡了傷天害理之事。」

他又看到小鬼帶著笑容離去的面龐。

「他雖是賊盜，卻為素未謀面的小女孩犧牲自己。」

然後，一個想法不停地在歐陽昭腦中迴響。

他終於明白韓非的意思，同時悟出韓非多年以來也想不通的答案。

歐陽昭雙目一斂，輕輕摸了摸趙倩彤的頭，低聲道：「小姑娘，抱歉，請你閉上眼睛，接下來的事，還是不見為妙。」他雖是背對著眾捕快，但不知為何竟無人膽敢動手偷襲。聽到歐陽昭這一句話，眾人才如夢初醒，齊齊轉身正欲離開，卻發現大門前已站著兩名循聲奔來的人。

「崖繼之！大鬼！」

捕快們前無去路，後有追兵，正自彷徨之際，眾人忽然感到一陣寒意，使得他們不自禁地發起抖來。他們顫抖著身子回頭瞧去，只見歐陽昭緩緩地轉身站起，他的臉上忽然如同蓋上了一層烏雲，銳利如劍的目光使得眾人雙腿顫抖不已，連動也不敢動。

歐陽昭語調如冰，為眾捕快敲響喪鐘。

「你們，罪・該・萬・死。」

第十五章　鐵手追命

日落西斜，漫天的紙錢飛舞，在漸漸黯淡的日光映射下緩緩飄落在千竹林一座新墳上。新墳插著一塊竹牌，上書「小鬼之墓」四字。

落日拖曳出五個長長的影子，墳前跪著四名大人，一名小童，正是歐陽昭、趙倩彤、崖繼之、大鬼與真的小沙彌。除了小沙彌外眾人雙目通紅，齊齊向著小鬼的墓深深磕了三個頭。

小沙彌垂下頭緩緩站起退到一旁，雙手合十不停念經，似為小鬼超度。崖繼之受傷不淺，只能由大鬼攙扶，撐著拐杖慢慢站起來。大鬼失去了弟弟，心中猶自悲痛，他起來後看到歐陽昭仍跪在墳前，強忍心中悲痛，輕輕拍著對方肩膀，安慰道：「歐陽少俠不必自責，生死自有命數。小鬼為救小姑娘而犧牲，他也死而無憾。」

「若非我大意，小鬼不會枉自送了性命。」歐陽昭頭也沒回，雙眼一眨不眨地看小鬼的孤墳，語調聽上去雖是平平淡淡，但任誰也聽得出他的自責與悲痛。

大鬼回過頭與崖繼之目光相接，彼此搖頭歎息。過了一會，大鬼見歐陽昭依然跪著，於是走到他身旁，徐徐道：

「當日我從大牢救走小鬼，從東門出城前去福州，你也知道那條路必會經過九龍幫。我們害怕被九龍幫的人認出捉回衙門，所以只能小心翼翼地在小道前進。」

「小道雖然迂迴得多，但我倆覺得總比大道安全。走了莫約十里，忽然前方風聲大作，道上樹葉啪啪作響，就像有什麼在叢林裡經過一樣。本來我們以為是野豬、老虎一類動物，但那聲音去得太快，絕非野獸，於是我們循聲走去，卻什麼痕跡都找不到。」

「我立馬覺得此事奇怪，要知道即使是飛禽走獸，都尚自有跡可尋，若無任何痕跡的話。要不就是聽錯，要不就是剛才有個能踏雪無痕的高手經過。我倆覺得事有蹊蹺，那聲音朝著西面而去，不就是趙家大院嗎？我想到歐陽少俠你當時正身處趙院，心中略感不安，於是便悄悄跟了上去。」

「快去到趙家大院之際，遠遠瞧見院內火光衝天，有一個黑衣人背對我們。我們不敢靠得太近，恐防被他發現，只能遠遠看著。此時，有另外一人從火場中奔了出來，雖然看不清面目，但看服飾和身形，我十之八九確定他就是趙茶……」

歐陽昭與趙倩彤同時一怔，前者抬頭問道：「什麼？趙茶？」

大鬼點頭道：「當初只有八九分肯定，直到他見到黑衣人後如見救星，奔上前來一下子跪倒在地大聲說道：『陶大哥！救命！』那黑衣人立即扶起了他，道：『趙茶，到底發生何事？』我們這才知道這兩人就是陶鐵手與趙茶。」

「接著，陶鐵手低聲對著趙茶不知說著什麼，趙茶又哭又鬧，說著自己的家人如何被殺，又說什麼那個人是因為二十五年前的事情而來，要陶鐵手為他報仇。陶鐵手卻只問他有關貨物之事。趙荼見狀立即大聲喝道：『陶鐵手！我與你好歹也是八拜之交，現在我遭人滅門，你卻只關心那批貨?!好！你不仁我不義！我回頭就報官府，跟你一拍兩散！』但他話未說完，陶鐵手突然重重一掌擊在趙荼胸膛!!我們見狀嚇得魂不附體，立即躲在旁邊的草叢裡，只見陶鐵手提著趙荼走向火場，而趙荼那時已一動不動，恐怕已經死了。我與小鬼也不敢再留在原地，於是就走了。」

聽到趙荼死因，趙倩彤悲從中來，淚如雨下，低聲抽泣不停。歐陽昭愣了半晌，緩緩站了起來。

大鬼續道：「我與小鬼商量，此事事關重大，必須告知你或是崖大捕頭。當時趙院陷入火海之中，又有陶鐵手在，我們不敢貿然闖進，只能原路折返。卻想不到遇到受傷的崖大捕頭。」

歐陽昭目光轉向崖繼之，後者乾咳兩聲，道：「當日我被岳秀琰偷襲，掉入江中，也幸虧如此才大難不死。我竭力來到東郊，打算找個破廟歇息一下，卻不想遇到廣陽二鬼。正當他們向我道出剛才所見之事，不虞岳秀琰這人竟小心得很，派人四處搜查，結果被他們碰到了。」

「於是你們一路逃亡，來到千竹林？」歐陽昭問道，崖繼之與大鬼同時點頭，前者道：「在這過程中大鬼被岳秀琰打了一掌，也受了不輕的內傷。去到西禪寺時，小鬼抓住了小沙彌，然後把我們鎖在大殿的廂房裡，他擅長易容之術，打算裝作小沙彌打發岳秀琰一眾，卻想不到……」

提及小鬼的犧牲，眾人再度陷入沉默。也不知過了多長時間，歐陽昭才長長嘆了口氣，道：

「決不能讓小鬼白白犧牲，陶鐵手的罪孽，一定要算得一清二楚。」

大鬼與崖繼之同時望向歐陽昭，後者向大鬼道：「大鬼，在下有事相求，望你能答應。」

「歐陽少俠儘管吩咐。」

歐陽昭看著趙倩彤，道：「首先，希望大鬼兄找一處好人家，把趙家小姑娘好好安頓。」

大鬼看了看趙倩彤，點頭道：「這個容易，在下立即就去辦。」

趙倩彤低頭不語，歐陽昭凝視了她半晌，再向大鬼道：「第二件事，勞煩大鬼兄通報韓非，我會如此如此如此……」

接下來歐陽昭說的話，使得崖繼之與大鬼同時瞠目結舌。崖繼之皺眉道：「昭弟！如此一來……」

歐陽昭打斷崖繼之的話頭，道：「我也知道他不值信任，可是我們也破釜沉舟，再無別的方法了。」

崖繼之與大鬼相視一眼，他們心中也明白歐陽昭說得沒錯，大鬼輕輕嘆了口氣，拱手道：「好的，在下這就想辦法通報韓非。崖大捕頭，歐陽少俠，後會有期。」

大鬼牽著趙倩彤的小手正欲出發，趙倩彤忽然掙脫大鬼的手，走到歐陽昭身前。

眾人被趙倩彤的舉動嚇了一跳，歐陽昭半蹲下來，趙倩彤直視歐陽昭雙目，問道：「你又要去殺人，對嗎？」

歐陽昭看著趙倩彤那清澈如水的眸子，苦笑道：「或許吧。」

趙倩彤渾身一顫，她低頭想了半晌，抬頭道：「不要殺人，好嗎？」

趙倩彤的反應大出眾人意料，幾個大人面面相覷說不出話，歐陽昭道：「若非逼不得已，我也不會下殺手。」

「逼不得已，就像剛剛那樣嗎？」

歐陽昭楞了一愣，不知如何作答。

趙倩彤咬著唇，眼眶裡若有若無地似有淚水滾動。大鬼走上前去，再次牽起她的小手，柔聲道：「小姑娘，你長大後也許便能明白，現在還是先隨我走吧。」

趙倩彤默然半晌，終於點了點頭，她隨著大鬼走了幾步，忽然回過頭來，稚氣的語調堅定無比地道：「你跟他不一樣，真的不一樣。」一言罷便跟著大鬼離去，再沒有回頭。

大鬼與趙倩彤離去後，崖繼之與歐陽昭相對無言了不知多久，崖繼之終於打破沉默，道：「昭弟……」

「師兄，不必多說了。」歐陽昭看著小鬼的新墳，道：「我知道你要說什麼。」

「我與你一同長大，你心中想著什麼，師兄怎會不知情？」崖繼之歎氣道：「韓非雖也算是我們的師兄，但他說的話……」

「他說的話，不全然是錯。」歐陽昭語氣淡淡然的，也不知道是什麼情緒，他頓了一頓，然後故意拉開話題地道：「當務之急，是如何把陶鐵手繩之於法，對嗎？」

崖繼之所認識的歐陽昭生性開朗，從來臉上均掛著笑容，此刻看到師弟沉默寡言，鬱鬱寡歡，崖繼之感到彷彿不認識眼前人一樣。崖繼之長長嘆了口氣，也不知如何再做規勸，只能無奈點頭，再也不說下去了。

※※※

九龍幫中，陶鐵手在後堂那擺放靈位的小房間裡，正為一個個逝去的兄弟上香。從左至右的八個靈位，那都是當年叱咤風雲的江湖高手，卻又在江湖浪濤上終結自己的性命。

陶鐵手注視著靈位，他想說些什麼，卻又說不出來。

灰蒙蒙的煙裊裊上揚，在房間裡化成一片片雲朵。陶鐵手正要轉身離開，卻聽到後面傳來一把聲音：「大哥……」

陶鐵手一驚，回過身來，但見朦朧的煙霧中隱約出現了八道身影。身影雖然朦朧，但他還是能夠隱約看到那一張又一張熟悉的面孔。

「弟弟們……」陶鐵手不知為何眼眶裡竟立即濕潤潤的，他想要伸手觸碰兄弟，卻發現摸了個空。

幾名兄弟齊聲道：「大哥，你太讓我們失望了。」

陶鐵手愕然半晌，強笑道：「怎麼失望了？大哥從來沒讓你們失望過啊！」

「當年響噹噹的鐵手追命，今日成了不仁不義之輩，我們做弟弟的如何不失望？」

陶鐵手一口氣咽在喉嚨裡說不出來，他正要說話之際，右手邊的三道人影由朦朧變成清晰，夏白道：「大哥，當年我和趙荼反目時，怎麼你不來做中間人？」

「我……」

「大哥，他們反目，怎地我們毫不知情。」早早逝去的兄弟們齊聲責備。陶鐵手徬徨地望向眾人，濃厚的煙霧後投來的是一道道鄙視的目光。

「不，不！」

「大哥，你為什麼要殺死我？」趙荼的身影變得清晰，他臉上沒有憤怒，只是一臉的失望。

「我……」

「大哥，你怎下得了手？」兄弟們責備的聲音又再傳來。

「大哥，你販賣五石散，乃是不仁；殺害兄弟，乃是不義……」彼岸從濃霧中走出來，歎氣道：「大哥，回頭是岸啊！」

彼岸語畢，其餘早在二十五年前死去的兄弟緩步而出，陶鐵手從左至右看著他們，每一張臉都是如此的熟悉，當他看到趙荼等三人時，驚訝得瞠目結舌，失聲道：「你們三個，怎麼如此年輕？」

「不，是大哥你變得我們也認不出來罷了。」

「是大哥你變得我們也認不出來罷了。」

「是大哥你變得我們也認不出來罷了。」

陶鐵手嚇得一覺醒來，背後滿是汗水，剛才的夢境他還心有餘悸，只見日光從窗戶透進房裡，原來已是翌日早上。

往日他一早必然會先到練功房打坐，然後再處理幫務。可是今天他吃過早飯後，立即就走進後堂擺放靈位的房間裡。

點燃燭光，他看著那五個靈位，微微嘆了口氣。

「弟弟們，你們的話，我都聽到了。我常在想，若你們仍在，那會是怎麼樣的光景呢？」陶鐵手拿著茶壺，一邊倒滿靈位前的杯子，一邊自言自語地道：「我們還是會像以前一般？還是仍會分道揚鑣，反目成仇？」

「為兄怕你們在天有靈仍不安息，所以才一直不敢跟你們說，五弟與九弟前幾年鬧翻了，而且再也和好不了。」陶鐵手苦笑了笑，道：「為了什麼？可真諷刺，是為了錢。」

「你們是知道的，五弟向來花費豪爽，真的是三更貧五更富。十來年前他也不知道怎樣欠得一大筆賭債，當時他向九弟借錢。而九弟啊……他也不是做生意的材料，他父親去世之後，家道中落，生意那是一落千丈。他借不出錢，五弟以為他故意推塘，兩人就這樣鬧翻了。你們說，咱們都是生死之交，這樣豈不可惜？」

陶鐵手歎了口長氣，道：「你們大哥我也不好得哪裡去。自那件事後，我就在廣陽定了居。嘿，當時的事你們都不願透露姓名，非得要當時名聲最響亮的我去招募村民。那事以後，我成立了九龍鏢局，本以為憑藉這事的名聲肯定不愁生意，哪知道根本無人問津。若非九弟把保鏢的工作全都給了我，還談什麼九龍幫？九龍鏢局也早就不成了。」

「之後有了點錢，成立了九龍幫，卻輪到九弟不行了，這下可好，九龍幫也經營不善，他趙家的家業也經營不善，咱們兄弟倆莫非要窮得餓死？你們說諷刺不諷刺，這廣陽城是我們用性命救回來的，我們卻從來沒有在這裡賺取過什麼利益。」

「直到五六年前，我發現廣陽城開始有人服食五石散，我忽然靈機一觸，與其讓那些零零丁丁的賣家賺錢，何不這生意由我來做？我聽聞暹羅的五石散大為不同，於是與九弟找到了暹羅的賣家，開始了這趟生意。嘿，當年嫉惡如仇的鐵手追命，竟為了生活最後做上了這些勾當，你們或許說我不仁，可是在我困難的時候，廣陽的人又為我做過些什麼？更何況五石散在我手中，我大可控制有多少貨流出，若是其他人？恐怕是泛濫成災罷！」

「當然，我沒有虧待九弟，所有的生意都分他一杯羹，反正他趙家全國四處都有客人，這些貨也剛好讓他幫忙散出去。只是啊，當時五弟已經和我們斷了聯繫，否則難道我又會虧待他了嗎？」

說著說著，陶鐵手搖搖頭，默然半晌，又道：「至於二弟的那個徒弟韓非，你們還記得他吧？他終於找上來了。前幾天，我忽然收到五弟的死訊，他劫走了我們的一批五石散，卻死在趙家的商船上。本來我還在想是什麼人能夠殺得了他？過了第二天又收到了二弟的死訊，我立馬就知道是韓非回來了。」

「我這大哥啊，做得不妥當啊。」忽然，陶鐵手想起了往日情誼，登時悲從中來，老淚縱橫，泣不成聲道：「我為了自身安危，為了能獨自霸佔五石散的利潤，我把所有的嫌疑推向了九弟……」他口中呢喃了一會，終究不能在結拜兄弟的靈位前說出自己親手殺死趙荼的事，只道：「九弟也死了，我們九兄弟，只剩餘我了。」

他虔誠地在靈位前磕了個頭，道：「兄弟們，我一直沒跟你們說出這事，就怕你們瞧不起我這個大哥。只求你們別怪我這大哥做得不好。日後黃泉路上相見，只望你們還當我是好兄弟。」

從房間走出來時，一道晨光照落。陶鐵手望向天空，但見天朗氣清，多日的重霧終於消散不見。他心道：「兄弟們在天有靈，請保佑韓非和五石散這事情必能化險為夷。」

在靈堂上對著兄弟們訴說完，陶鐵手覺得心情舒暢了不少，心裡面的罪疚略略減少。此時，一名心腹弟子走到他身前，叫道：「幫主！大事不好！」

陶鐵手眼看弟子神色凝重，立即問道：「怎麼了？」

此時，一名身穿捕快衣服的男子跪在地上，泣道：「幫主！大事不妙了！」

陶鐵手看著這捕快，眼看此人有點面生，於是狐疑道：「這位是……？」

「弟子是跟隨岳師哥辦事的沈三元！弟子少來拜會幫主，使得幫主認不得弟子，實是罪該萬死！」

「哦，是秀琰的手下。」聽到這個名字，陶鐵手依稀有了點印象，確實是他派到岳秀琰麾下的弟子之一，為免被人察覺，多年以來負責通報的也只是岳秀琰一人，與這沈三元好歹也十年沒有見面了。他長長呼了口氣，問道：「怎麼了？秀琰已好幾天沒跟我通報，不是出了什麼亂子吧？」

沈三元哭得一場糊塗，吞吞吐吐地道：「岳師哥明察暗訪，終於查到那神祕人把趙荼剩下的貨物放到何處。原來，神祕人把貨物藏在北秀山南越王遺址。岳師哥一聽，立馬帶著我們一眾兄弟前去查探，結果……」

陶鐵手心中已經猜到大概，但還是問了出口。

「結果如何？」

「結果與那神祕人遇上，眾兄弟完全不是那人對手，全部死光了。岳師哥也受了重傷走不了，他最後拼了命助我逃走，然後就……嗚嗚嗚……」

陶鐵手聽得岳秀琰噩耗，心頭一震，心中恨得癢癢的，暗道：「好一個韓非，竟敢殺我愛徒！我定要你碎屍萬段！」但聽沈三元續道：「那神祕人真的好厲害，輕功直如鬼神，弟子害怕，於是找到一個山洞躲了兩天，待安全後才趕回來通報幫主，幸虧老天爺開眼，沒有讓弟子再遇到那惡神。」言罷又再哭了起來。

被對方哭得心煩，陶鐵手不耐煩地擺了擺手，叫弟子帶走沈三元，然後抬頭望著天空沉思，在場的弟子見幫主如此也不敢出言打擾。過了好一會，陶鐵手終於開口道：「準備出發，老夫要親自去一趟北秀山！」

第十六章　任俠之行

陶鐵手召集了莫約二十個弟子，換上黑衣黑布遮面，立即就往北秀山起程。這二十人都是幫中的精英，雖不是頂尖高手，但都是一流的好手，陶鐵手生性謹慎，雖然自信能夠憑一己之力就能擊殺韓非，但還是帶上弟子，以防有什麼不測。

他們馬不停蹄，過了一個多時辰便已去到北秀山山腳。

忽然，陶鐵手看到山腳下有一群人影，連忙止住步伐，遠望過去，但見那些人均身穿衙門服飾，為首一人竟是崖繼之！

「崖繼之？秀琰竟讓他逃出生天？他又為何會在這裡？」陶鐵手沉吟半晌，打手勢命令眾手下悄悄跟著捕快。眾人一路尾隨，只見崖繼之等人沿著山路走，看路徑竟然也是前往南越王行宮舊址！

「難道崖繼之也知道韓非藏貨地點？他是如何查到出來？」

北秀山山腰乃是前朝南越王行宮舊址，當年的南越王在此建造了一個小行宮作賞花避暑用，此時千年過去，舊日行宮只剩餘頹垣敗瓦的一片地基。

「是這裡了！」崖繼之朗聲道：「人來，把裡面的貨搬出來！」

陶鐵手心道：「這地方荒廢多年，一片爛瓦，確是收藏貨物的好地方，也虧得韓非想得出來，但到底崖繼之如何查出來了？難道是秀琰他們走漏了風聲？」他轉念一想，心道：「又或許這是韓非的奸計？故意放走沈三元，又故意通報崖繼之，想讓老夫與崖繼之拼個你死我活之際再來收漁翁之利？若然如此，韓非定在附近，嘿！韓非你還是太小瞧老夫了！這二十幾個弟子盡是幫中精英，即使把這裡的捕快殺個清光也是不難。如能一箭雙鵰，把貨物搶回來又能殺掉韓非，那當真再好不過！」

陶鐵手眺望過去，但見捕快從廢墟裡搬出一個又一個木箱，他瞧得心裡癢癢的，但他畢竟江湖經驗豐富，要等捕快全數搬出才動手。這批貨數量果然很多，這批捕快手下不停，也花了半個時辰才把所有箱子搬了出來。也就在這段時間，陶鐵手已命令手下們分佈左右，待他一聲令下便可動手。

看著在指揮眾捕快的崖繼之，陶鐵手心道：「瞧在他是二弟的徒兒份上，今日就饒他一命，其餘的捕快都盡可殺掉。」他數了一數，這裡約莫有二十幾個捕快，不論是人數還是武功已方都佔盡優勢。等到全部捕快步出，崖繼之準備下令離開之際，陶鐵手暴喝一聲，大聲道：「動手！」

陶鐵手一聲令下，手下立即傾巢而出，同時他人如飛蝗撲向崖繼之，半空中雙手一圈，然後雙掌平推，掌力如驚濤駭浪般直擊崖繼之！

陶鐵手這一招來得極快，他預想崖繼之必定閃避不及，被逼與他對掌，如此一來比拼內力的話，自己就可迅速解決對方。豈知，就在他雙掌快要擊中崖繼之之際，忽然白光如電，眼前竟忽然劍芒大盛，寒光撲面！

陶鐵手吃了一驚，他武功已是登峰造極，半空中猶能變招，雙掌一撥，掌勁吐出，「鐺」的一聲及時把劍招擋開。陶鐵手翻了個筋斗站穩，定神一看，出招者竟然只是一個普通的捕快！區區一個捕快，豈會有如此能耐？陶鐵手自知被擺了一道，目中透出怒火，冷哼不語。

「砰！」的一聲炮響，忽然再有二十名捕快從廢墟裡奔了出來，把九龍幫弟子團團圍著。崖繼之看著黑布蒙臉的陶鐵手，冷笑道：「陶鐵手，你露出狐狸尾巴了。」

「你們是如何看出來的？」陶鐵手扯掉臉上的黑布，冷笑道：「還有，你們如何讓沈三元背叛老夫？」

「大鬼的易容術果然厲害，連你這老狐狸也能騙過。」適才出招救了崖繼之的捕快笑了一笑，他左手往臉上一抹，扯掉鬍子和其他偽裝，露出了真面目，原來正是歐陽昭！他道：「至於我們如何看出，這並不重要……」

「重要的是，陶鐵手你就是廣陽城五石散的最大賣家，還是殺害趙茶的兇手。」

陶鐵手朗聲大笑，道：「就算我們要把貨搶過來，那也證明不了我是最大賣家。還有殺害趙茶？你們別想栽贓嫁禍！」

歐陽昭冷笑一聲，單手托著下巴，道：「廣陽城中，能把趙茶一掌打死的人……」

「趙茶多年養尊處優，武功已是十分不濟，要把他打得五臟俱裂的大有人……」陶鐵手最後那個「在」說到一半，已哽在喉嚨說不下去。

「官府對外的告示只說趙家慘遭滅門，何況我適才只說一掌打死，何來五臟俱裂？」歐陽昭收起笑容，一字一字地道：「陶鐵手，無話好說了吧？」他一邊說著，崖繼之也拔出長劍，低聲道：「我們倆兄弟一起上。」

陶鐵手怒極反笑，大喝道：「好一個歐陽昭！好一個崖繼之！了不起！了不起！」此時的他已不再計較形象，面目變得無比猙獰，雙眸中的殺氣銳利如劍，直逼歐陽昭二人，陶鐵手喝道：「本來還看在你們師父的份上饒你一命，現在可不怪得我了！」他環顧四周，朗聲道：

「韓非！你也滾出來吧！」

陶鐵手的怒吼在山中迴響，但韓非卻始終沒有現身。陶鐵手冷笑一聲，目光盯在歐陽昭與崖繼之身上，一字一字地道：「既然韓非要當縮頭烏龜，就讓你倆先走一步罷！」

言罷，陶鐵手五指成爪向二人隔空抓去，他與歐陽昭二人相隔有一兩丈遠，二人但覺忽然勁風撲面而來，大驚之下立即向旁讓開。「嗤嗤」兩聲，二人胸前的衣襟已被抓破！

歐陽昭二人大驚失色，他們雖聽說過內力練至巔峰便能隔空傷人，但卻想不到陶鐵手強橫至此，相隔如此遠也能有殺傷力，各自怦然心驚。

「就算是彼岸，在這門功夫上也不及我爐火純青，你們兩個就受死吧！」一招得手，陶鐵手大喝一聲，雙掌圓搓，然後平推出去，洪厚的掌力如江河決堤一樣向歐陽昭二人撲面而來！歐陽昭和崖繼之立即向兩旁飛撲倒地，避開這雷霆掌勁。

「砰砰砰」三聲響，他們身後的木箱被陶鐵手擊個粉碎，正當後者以為木箱裡流出的是五石散之際，卻發現灑滿一地的只是普通茶葉。陶鐵手怒極反笑，瞪著尚未站起的歐陽昭，左腳在地上一點，整個人如大雁般騰空飛起，居高臨下撲向對方，喝道：「好小子，就讓老夫先結果了你！」說罷右掌一揮，掌風如刃，由上而下直直劈向後者。

「昭弟！」崖繼之知這招厲害，立馬挺劍刺向陶鐵手，逼他收招，只是二人距離不近，陶鐵手又如此迅速，這一招恐怕是救不了了。

旁觀的崖繼之已經如此，被掌力籠罩的歐陽昭情況更是可想而知，此刻他的身子如縛了十斤鉛一般的沉重，連抬一抬手都有困難。但見陶鐵手的掌力越來越近，歐陽昭知道內力與對方實在相差太遠，這招絕對硬碰不過，於是咬緊牙筋用盡全力向旁滾開。

但聽「砰」的一聲巨響，陶鐵手的掌刀轟在地上，揚起一大片塵土。歐陽昭雖然堪堪避過掌力直擊，但還是被氣勁所傷，胸口一陣翻騰，口中一甜，鮮血狂噴而出，身子失控地向後飛開。就在這個時候，崖繼之也挺劍攻至，但他的視線被揚塵遮擋，一時間看不清陶鐵手的位置。

忽然，一股掌力從塵土中突襲而來，陶鐵手之前的招式大開大合，每一招都有風雷之勢，但這招卻來得無聲無息，直去到崖繼之面前才轟隆的一聲如響起一道驚雷。崖繼之大驚失色，立即舉劍擋格，但聽「噹啷」一聲響，他手中長劍應聲斷成數截，口中鮮血狂噴，與歐陽昭一樣整個人向後飛去。

歐陽昭二人掙扎著站起來，他們二人在江湖上均已是頂級高手，卻想不到陶鐵手的功力與自已完全不同層次。他們所受的傷均自不輕，嘴角上還流著紅彤彤的鮮血。二人互視一眼，心意相通。

歐陽昭清喝一聲，騰空躍起，長劍在空中化成一道流星，然後在半空中一化為二，二化為四，劍芒越分越多，如流星雨一樣從上而下密密麻麻的直奔陶鐵手！

而崖繼之則迅速從同僚手上換了一把單刀，矮身一滾，身子如陀螺一般急轉，劈向陶鐵手下盤！

師兄弟二人心知與對方差距太遠，與其慢慢消耗，倒不如放手一搏，於是此招均是全力施展。二人武功本來就高，此刻施展渾身解數，更是氣勢如虹。但陶鐵手冷哼一聲，雙手一圈，懷中猶如出現了一道漩渦，漩渦吸力之強，竟把地上的塵土也吸得緩緩飄起！

「喝！」

塵土飛揚，四周猶如掀起了層層沙幕，歐陽昭二人見四處均是塵土，只是他們的絕招已去了一半，不能停止。忽然，聽得「轟隆」一聲巨響，如山洪暴發、如雷鳴電閃、那些飛散的塵土如炸藥一般同時爆炸！

原來陶鐵手此招先以神乎其技的內勁把塵土揚起空中，把內力灌注塵土之內，此刻雙掌掌力吐出，所有隱藏在塵中的內勁同時爆發，既如大自然的怒吼，又如千斤炸藥同時點燃！

身處中央的歐陽昭和崖繼之如何能夠閃躲？二人立時向後急飛，重重摔倒在地，歐陽昭背一觸地就想站起，可是雙膝一軟，立即半跪在地，狂嘔鮮血。崖繼之更是不好過，他左腿被陶鐵手這招打至骨折，肋骨幾乎全斷，立時暈死過去。

陶鐵手的身影從散落的塵埃中緩緩現身，猙獰的面目帶著殘酷的笑容，道：「以卵擊石，愚笨至極。」

歐陽昭吐出口中鮮血，望了望昏迷不醒、不知生死的師兄，然後轉向陶鐵手，他現在已差不多力歇，但目光仍堅定如鐵，雖然絕望，但卻沒有絲毫膽怯。

「難道你認為你還有勝算？」陶鐵手冷笑道。歐陽昭望向四周，見九龍幫弟子仍與捕快們鬥得燦爛，九龍幫眾武功較高，捕快們卻勝在人多勢眾，雙方各有死傷，但主將實力相差至此，待陶鐵手解決自己後，這些捕快自是難逃一死。

歐陽昭咳出兩口鮮血，掙扎地站了起來。

陶鐵手再次冷笑，斜眼看著歐陽昭，一字一字地道：「垂死掙扎，當真可笑。」

「以卵擊石也好，垂死掙扎也罷。愚笨也好，可笑也罷……」

歐陽昭嚥下口中的鮮血，緩緩挺直胸膛，一字一字地回應道：「我也必須站起，與你決一死戰。」

忽然，陶鐵手心中一凜，只覺眼前已幾乎站立不穩的歐陽昭身上猶如籠罩了一陣光芒，他搖了搖頭，強自驅散這種感覺，冷笑道：「嘿，彼岸有如此愚笨的徒弟，九泉下也死不瞑目。」

「不，師父九泉下自會感到安慰，因為，這，就是俠。」

陶鐵手眼中的歐陽昭光芒越來越是閃亮，他只覺這道光芒怎麼如此熟悉？卻又如此陌生？

歐陽昭一步一步緩慢地向陶鐵手走去，一字一字地道：「知其不可為而為之，知己犯禁而犯之，知其不可敵而敵之。」

歐陽昭字字如劍，雖然無形，卻把陶鐵手刺得隱隱作痛：「鐵手追命，罪該萬死。」

歐陽昭的一字一詞重重擊在陶鐵手心中。

曾幾何時，自己也是如此滿腔熱血？

何時開始，自己完全背棄了堅守的俠道？

陶鐵手老羞成怒，暴喝一聲泯滅心中那反省的念頭，沉聲道：「好！老夫先送你一程!!」

他正要動手，忽見四周刮起一陣狂風，眼尾瞥到一道寒光無聲無息從身旁襲來，陶鐵手怒喝：「何方鼠輩！要偷襲老夫還早得很！」言罷右掌向旁一劈，掌力劈出，砰的一聲又擊破了一個木箱。

偷襲陶鐵手的那道人影半空中一個翻騰，輕飄飄落在歐陽昭身旁，這人長髮披肩，身材高瘦，臉上兩道疤痕使人望之心悸，不是韓非是誰？

陶鐵手見眼前人相貌雖然陌生，但他也猜到對方是誰，問道：「韓非？」

「嘿，我該說一句，韓非見過陶師伯嗎？」

韓非冷冷一笑，他側頭看望著歐陽昭，碰巧此刻對方也向他看過來。

「你還是來了。」

「你要大鬼告訴我你們今天的行動，用意何在？難道就不怕我隔岸觀火？」

「不怕。」歐陽昭正色道：「我知道你不會。」

二人默然對望，陶鐵手已不耐煩地喝道：「廢話少說！你也好！歐陽昭也好！全部受死吧！」言罷隔空一掌朝著韓非劈去！韓非與彼岸交手後，對這種無形掌力心中已有大概，立即閃身避開掌勁，施展開他那詭異的身法，盡在陶鐵手身邊四周疾奔。

韓非休息了數日，雖然傷勢並未痊癒，但狀態已跟殺趙荼的那天不能同日而語，此時見到四方八面盡是他的身影，四周如拉起了一個黑幕，外圍的歐陽昭幾乎看不到居中的陶鐵手，心中駭然道：「這世上竟有如此犀利的身法！可是，他抵得過陶鐵手嗎？」

一念及此，歐陽昭顧不得自己身上傷勢，挺起長劍加入戰團。此時他與韓非二人均展開身法，陶鐵手只見兩人化作灰影，伴隨手上白光長虹在自己身前晃動。他冷哼一聲，不動如岳，雙掌一高一低，雙目半瞇，凝神應對。

「來了！」

陶鐵手默喊一聲，果然，歐陽昭長劍一抖，從左側向陶鐵手攻來！

歐陽昭的眾生劍法殺傷力不大，陶鐵手心中有數，他斜劈一掌，以風雷掌法逼開對方，心中想著：「歐陽昭已受重傷，這廝定是擾敵，主攻者必為韓非！」

其實陶鐵手的猜測確實合理，按理來說，氣力充沛、身法詭異、劍招凌厲的韓非應作主力，但不知為何，韓非與歐陽昭首次合作，卻似是極有默契，韓非一直只在陶鐵手四周盤旋並不搶攻，倒是歐陽昭一攻將起來，劍招連綿不斷，如排山倒海一般的襲向陶鐵手。

歐陽昭劍法本就高明至極，單論劍招其實並不下於師父彼岸多少，所差的只是內力與火喉而已。適才陶鐵手把他與崖繼之打了個落花流水，並非二人不濟，而是陶鐵手一開始便以內力猛攻，打了他一個措手不及而已。

此刻韓非參戰，由於他的輕功實在太過詭異，陶鐵手不得不把心思惦記在韓非身上，如此心神一分，歐陽昭立即如魚得水，眾生劍法越使越順，如在陶鐵手四周撒開一張網子，劍網越收越窄，陶鐵手也開始應接不暇。

陶鐵手心中暗叫不好，果然，但見白光一閃，歐陽昭喝道：「著！」陶鐵手右脅一痛，竟被歐陽昭劃出一道淺淺的口子！

「可惡！」

傷口雖淺，卻足以讓陶鐵手勃然大怒，怒喝聲下，陶鐵手雙掌一圈，正要劈向歐陽昭之際，卻見歐陽昭向後躍得遠遠，陶鐵手但聽身後風聲響起，心中一震，連忙雙腿一蹬，整個人如大鵬展翅般向旁避開！

「嗤!!」

陶鐵手整片左袖飄在半空，緩緩掉落地上。

韓非站在剛才陶鐵手所站的位置上，歐陽昭站在他的身旁。二人看著一臉鐵青，滿臉怒容的陶鐵手，均打醒了十二分精神，不敢有半分鬆懈。韓非看了看陶鐵手那露出粗若樹幹的左臂，剛才那記偷襲他已使盡全力，卻只割下敵人的袖袍，還是傷不了他半分。

「可惜。」
韓非心中暗忖著，即使與歐陽昭聯手，他也沒有信心能夠擊殺眼前這武功臻至化境的敵人。所以出發之前，韓非已在長劍上塗滿了見血封喉的毒藥，毒性比殺彼岸的強上不知多少倍，心想只要能夠輕輕劃破了對手的皮膚，那就大功告成了。
陶鐵手屹立原地默然半晌，只見他雙掌緩緩畫圓，懷中再次出現漩渦，又是剛才擊敗歐陽昭二人的絕招！
「來了！」
歐陽昭與韓非知道此招的厲害，韓非更是雙眼一眨不眨地直盯對方。只因他知道，陶鐵手吐出掌力之際，就是唯一的空隙，只要能避過那排山倒海的內勁，就有唯一的機會擊殺對方！
塵土緩緩飛起，陶鐵手怒喝一聲，掌勁吐出，澎湃的內勁四溢，同時四處塵土如炸藥爆炸！
二人早有心理預備，待陶鐵手掌勁吐出之際，他們不約而同地身子乘勢后掠，卸走那無匹的力量，也因如此，剛好避開藏於塵土的內勁爆破！
「喝!!」
歐陽昭半空中踏住一棵榕樹的樹幹，他瞧得正準，乘著陶鐵手剛剛釋出掌力尚未回氣的一刻，雙腳在樹幹上一蹬，身子與長劍同時化成一道虹光，直指陶鐵手心窩！
陶鐵手怒吼一聲，右掌灌滿內力，迎著歐陽昭猛劈過去！
而此刻，韓非早就無聲無息地繞到陶鐵手身後，他那塗滿毒藥的長劍，亦已指向了敵人的背門！

韓非這一下漂亮至極，連歐陽昭也不禁心中讚了一聲好。可是，就在長劍快要刺中陶鐵手後背之際，卻見陶鐵手背後如同長了眼睛般向旁一讓，避過此劍！

「砰!!」

韓非與歐陽昭臉上同時露出驚愕的表情，與此同時，陶鐵手那一記鐵掌已劈中歐陽昭的長劍，歐陽昭的長劍受不住對方澎湃的內勁，「噹啷」一聲斷成兩截，歐陽昭也往後飛去，重重摔在地上。

韓非的驚懼不只如此，他但覺握住長劍的右手一緊，已被陶鐵手左手如鐵鉗一般緊緊捉住！

韓非難得露出了絕望的表情，此時，只聽陶鐵手嘻嘻一笑，他的聲音從韓非耳畔響起：「你殺彼岸時，用了毒劍，對嗎？」

聽到此句，一滴冷汗從韓非的額上緩緩流下。

「你以為老夫會毫不提防嗎？」

原來，陶鐵手剛才看似用盡全力的絕招，其實還保留著四五分力，他知道韓非必會伺機偷襲，於是擊向歐陽昭時也沒用盡剩餘力氣，果然最後把韓非捉個正著！

此時韓非已動彈不得，陶鐵手暴喝一聲，右手向著劍身隔空拍去，內力到處，長劍啪啪兩聲斷成數截掉落在地！

「這次逃不了了！去死吧！」

陶鐵手殺紅了眼，右掌舉起，用剩餘的掌力重重轟了在韓非的胸膛上！

「砰！」

韓非如稻草人一樣直飛出去，歐陽昭連忙躍起把他抱住，但陶鐵手的掌力太過驚人，歐陽昭即使接著韓非，仍被衝力撞得向後急飛，直至二人撞在一棵樹上方才停止。

歐陽昭低頭望去，只見韓非臉如金紙，此刻他胸骨盡斷，口鼻鮮血狂噴，幸虧陶鐵手剩餘的掌力不多，否則他馬上便是一個死人了。只是他現在也不好過，身子動彈不得，性命也是危在旦夕。

剛才一切，看似過了很久，其實只是一瞬間的事情。揚起的漫天塵土依然飛揚，陶鐵手看著二人，深深吸了口氣，然後長聲大笑道：「就憑你們也想殺我？就憑你們？」

「你們沒有這個本事！今天沒有！以後也沒有機會！」

歐陽昭見陶鐵手狂態畢現，一步一步緩緩逼近，目中殺氣大盛。他心中暗暗搖頭，暗道：「想不到他的武功如此驚世駭俗，今天看來要把性命擱在這裡了。」他握了握緊手上的長劍，正要放下韓非上前拼命之際，韓非卻按住了他的手，嘶啞著聲音道：「等一等！」

歐陽昭詫異地低頭看著韓非，後者一邊吐血，一邊氣若游絲地道：「快了！」

陶鐵手剛才連續兩次使出絕招，內力損耗奇大，他一邊前行，一邊深深吸氣吐納。他臉上笑容不減，笑得很是開心，雖然找不到遺失的貨物，但所有威脅他的敵人今天全部死盡殆絕，那也是一件美事。

忽然，一把聲音從身後傳來：「大哥，你還在執迷不悟嗎？」

「誰？」陶鐵手吃了一驚，立即回頭，卻空蕩蕩的看不到一個人影，心想：「這聲音好熟，是誰？」

「大哥，你殺了九弟，還要把我的徒兒也殺了嗎？」聲音再次從身後傳來，陶鐵手一聽，背後登時出了一道冷汗。

「二弟?!」陶鐵手霍然回首，只見眼前的人身披黃色僧袍，年紀雖大，卻是面如冠玉，滿臉慈祥，這人不是彼岸是誰？此刻的彼岸長長歎了口氣，一臉悲憐地注視著他，陶鐵手連忙道：「二弟，我……」

「你這般的心狠手辣，不仁不義，你讓兄弟們怎樣再看待你這大哥呢？」彼岸搖頭歎息。

陶鐵手大聲道：「是你的徒兒逼我！怎能說我不仁不義！」他怒從心起，喝道：「我知道了！原來是你！原來是你一直在裝神弄鬼！原來是你差使你的徒兒前來壞我好事！」言罷納氣蓄勁，雙掌向彼岸平推過去！

陶鐵手知道彼岸武功不下自己，早就預計對方能閃開這掌，已準備了數招後著應對。豈知，「砰」的一聲響，他的雙掌結結實實轟在對方身上，彼岸立即向後便倒！

「什麼?!」

陶鐵手想不到竟能一招即中，愕然之下向地上的彼岸望去……倒在地上的不是彼岸！

而是趙茶！

趙茶面如金紙，雙目緊閉，七孔流血，忽然兩目一瞪，直視陶鐵手雙眸，問道：「大哥，你怎對我下得了手?!」

「啊!!」陶鐵手嚇得向後退了兩步，忽然聽到身後傳來一道道逝去兄弟的聲音：「大哥，你怎麼下得了手？」

「大哥，真想不到你已變得如此狠辣。」

「你要我們還怎樣認你這個大哥？」

陶鐵手再回頭，但見眾兄弟都在身後，一個個的臉上都掛著鄙視的目光。陶鐵手怒吼道：「滾開！滾開！你們都給我滾開！」

在旁的歐陽昭以及眾人看得目定口呆，只因根本沒有人在陶鐵手四周！他就似發狂般東揮一拳，西劈一掌，接著過了一會，他又是大哭，又是大笑，時而倒地，時而站起來虛擊數拳，神色癲狂，如同失心瘋一般。

歐陽昭瞧向韓非，一臉迷茫，而韓非則是強忍劇痛苦苦一笑，從懷內取出一個布袋，他取出時布袋已經破裂，流出潔白如雪的粉末。

歐陽昭心念一動，問道：「五石散？」韓非點了點頭，歐陽昭登時明白過來。

原來韓非早在胸前放了一小包五石散，剛才陶鐵手擊中他的時候，粉末四揚，陶鐵手距離極近，剛才又幾是用盡全力吐納，自是吸入了不少。這批從暹羅運來的五石散除了使人興奮外，更會造成幻覺，使人如墜夢境，所以陶鐵手才忽然出現幻覺，以為自己被結義兄弟圍攻。

陶鐵手勢若癲狂，大叫大喊，九龍幫弟子與捕快們都停下來手，紛紛後退。眾人之中，只有歐陽昭知道機不可失，他立即放下了韓非，提著長劍走上前去。

此刻的陶鐵手頭髮散亂，滿臉都是自己抓出來的血痕，滴滴血跡沾在他雪白的眉毛與鬍子上，既是可怖，又是可悲。他見得歐陽昭過來，忽然跪在地上，痛哭失聲道：「二弟，我錯了！我真的錯了！求求你，求求你在眾多兄弟面前替我說句好話！」

歐陽昭心道：「他把我認錯成師父了。」他嘆了口氣，心中想了想若是師父會如何回應。過了半晌，歐陽昭答道：「大哥，你束手就擒吧，只要你真心悔改，日後黃泉路上，我們還會當你是兄弟。」

陶鐵手神態茫然，歐陽昭怕他會猝然反撲，於是一咬牙，刷刷刷刷四劍分擊對方四肢。陶鐵手目光呆滯，完全沒有反抗。但見四劍齊中，他手腳筋盡數被歐陽昭一劍挑斷，砰的一聲倒在地上，直到生還的捕快上前用鐵鐐把陶鐵手與九龍幫弟子鎖上，他口中依然喃喃自語不知說著什麼。

九龍幫弟子見幫主已經倒下，自己人數又不及對方，只好投降。

這場生死之戰，終於告一段落。

崖繼之其後也被救醒，取過了一支木杖充當拐杖，指示著捕快善後。

見得陶鐵手被押下後，歐陽昭終於能放下心頭大石，長長呼了口氣。他轉身走到韓非身畔，半跪下來扶起對方。

韓非身子已使不出一絲力氣，只能靠著歐陽昭的手臂半坐起來，他雙目一眨不眨地凝視著歐陽昭，此刻的他已是出氣多入氣少，離死不遠，他深深吸了口氣，沙啞著聲音道：「我終究，不認同你的俠。」

「我知道。」歐陽昭嘆了口氣，正欲再說之際，卻見韓非表情忽然一僵，虛弱疲憊的雙眸似要隨時閉上，韓非凝望著歐陽昭良久，忽然低聲問道：「師父，你來了？」

歐陽昭心中一陣絞痛，他知道韓非適才也吸入不少五石散，此刻如陶鐵手般把自己認成了彼岸。

正當歐陽昭不知如何應對時，韓非面如金紙的瘦臉忽然笑了一笑。

這笑容再不癲狂，再不戲謔，再不奸狡，再不痛苦。

而是純粹的，喜悅的笑。

韓非咳出了兩口鮮血，緩緩地問道：「師父，這就是俠嗎？」

歐陽昭看著韓非，過了好一會才低聲道：「即使犯五官之禁，即使官府視之如惡犯，即使世人視之如瘟疫，俠者仍要持劍犯禁。對，非兒，這就是俠。」

「俠者有罪，不是麼？」

「確實有罪，卻應無悔。」

韓非的眼神漸漸變得空洞，他看著眼前的「師父」，慢慢，彼岸的相貌變得模糊，歐陽昭年輕的相貌再次映入韓非的眼中，韓非乾笑了兩聲，目光漸漸瞧向遠處。

他想起了南海賊眾，想起了死在自己劍下的農婦，想起了自己的堅持，想起了很多很多的事情。

明媚的陽光從樹蔭的隙縫中灑落，如一道光柱般射在韓非的身上。他看著翠綠的樹蔭，看著白茫茫的光柱，淡然地搖了搖頭，就此永遠閉上了眼。

過了良久，歐陽昭慢慢放下韓非的屍身，轉頭看著崖繼之，碰巧對方也向自己望過來。他站起走上前去，從捕快手中取過手鐐，銬了在自己手上。

崖繼之愕然道：「昭弟！你這是幹什麼？」

歐陽昭淡然一笑，對著崖繼之道：「走吧，師兄。」向前走了數步，回頭看著韓非屍身，低聲道：

「我走了，師兄。」

《任俠行》全卷完

後記

哈囉，看完這個故事來到這裡的您，我是東南，謝謝您成為我第一本實體書的讀者。

其實我是一個挺不懂自我介紹的人，我常常覺得：「啊你要認識我的話自然就能從我言談舉止或者作品裡面認識啊，我自我介紹也沒有用啊！」可是當得知自己將要出版第一本書的時候，心裡面湧起一陣難以言喻的虛榮感就想在一篇作者序或者後記裡面好好炫耀一番。

結果我對著空白的文檔發呆好幾個小時，因為我發現我的履歷沒有什麼值得炫耀的。所以還是決定廢話一下，分享一下我的創作靈感與心路歷程吧。

國中的我很沉迷金庸小說，不但十四天書翻來覆去看了又看，就連所有金庸改編的漫畫、劇集、遊戲我都全不放過，可以真的說是一個金庸癡。但當時我年紀尚少，享受的也只是金庸世界中諸多天馬行空的奇妙武功、峰迴路轉跌宕起伏的故事劇情，還有那些超級帥氣的主角。

甚至我國中剛開始創作的時候，都只是想著角色要如何帥氣，武功招式要如何神奇。當時的我，應該腦中只有一個「武」字，對於「俠」，就是「打外族打奸臣打大魔王」的片面認知。

到了年歲漸長，我開始思考，「俠客」在當時的社會，到底是怎樣的存在。他們的行俠仗義，是一種什麼概念呢？

為什麼需要他們鋤強扶弱，教訓土豪惡霸？官府捕快沒有做事嗎？

為什麼需要他們討伐山賊，官兵不會做嗎？

他們傷了人命，平民百姓和官府如何看待這些事件？說實話如果我醒來看到附近最出名的黑社會被殺死街頭我肯定會嚇尿了。

俠客傷了人命，百姓會稱讚嗎？官府會捉捕嗎？還是會做個樣子不了了之就算？如此一說，俠客豈非逃犯？

平日俠客持劍走進客棧，普通的百姓當真猶如小說裡面堆上笑容，大聲叫著：「這位少俠，要不要喝點水酒？」還是誠惶誠恐避之不及？要是我在茶館裡面喝茶忽然看到有人拿著長劍走進來，我還是挺害怕的。

這些問題我想了許久，仿佛有答案，但又仿佛沒有，我自己對這問題也是感到模糊不清，說不出一個所以然來。直到2008年的時候，一套超級英雄電影才讓我茅塞頓開。

那套電影叫《黑暗騎士》，片中高登局長最後形容蝙蝠俠的一番說話，也就是我尋找了多年的答案。

「他是高譚市值得擁有的英雄，但他現在不被需要。所以我們會追捕他，因為他能獨自扛下來。他不是我們的英雄，他是一個沉默的守護者，一個警惕的保護者，一個黑暗騎士。」

從那時候開始，我就想把這個答案找機會寫出來。這，就是本作的靈感來源。

在撰寫本作的時候，我盡量要模糊正邪的邊界，誰為正，誰為邪，我希望每位讀者都有自己的解讀。

陶鐵手曾為一代大俠，為廣陽百姓討伐河賊，可之後他財困時卻沒有任何一個廣陽人施以援手。一個俠客淪落到最後要販賣毒品謀取暴利，是正？是邪？還是他單純對現實的屈服？

彼岸一臉正氣，調教出崖繼之與歐陽昭，可當年韓非離開時他並沒用盡法子挽留，也從沒想過徒兒當年提出的質疑。「說好的修禪，結果還是練武。」他到底是真的俠？還是只是虛偽偽善？

廣陽二鬼雖為賊盜，但比起身為捕快卻知法犯法的岳秀琰，他們真的就是十惡不赦的壞人？韓非不信俠道，他仿佛是個失去信仰的可憐人，仿佛是個殉道者，也仿佛是個瘋子殺手。他雖殺人無數，但殺的人之中包括諸多惡賊，也包括他口中「自命不凡」的俠客。去到最後，讀者們，韓非到底是正，還是邪？

歐陽昭自命從來沒有冤枉錯人，行俠仗義均查個一清二楚方才動手，但他並非如崖繼之般的捕快，有誰給予他權力緝捕了？行私刑的他與罪犯又有多少差別？

雖然本作最後給出我自己的答案，但我覺得每人心中答案或許也有所不同，我很希望本作能夠讓大家思考，如果能做到這點，我就十分滿足了。

好喇，說完本作，也容我感嘆一下，說說自己的心路歷程吧。

小時候，母親去了英國進修。當年沒有智慧型手機，甚至無法上網，長途電話在當時是十分奢侈的玩意，母親為了能夠跟我對話，就想出了一個方法。她把一段段的故事錄在一盒盒的錄音帶裡郵寄回香港。

而每盒錄音帶的一開始，母親就會說：「東南，今天我要跟你說一個故事。」沒錯，東南，就是母親喚我的小名。

每當我收到母親的錄音帶後，均會歡悅得把每段錄音循環播放數日，然後把聽來的故事改編一下，再說給幼兒園的同學聽。接著，我又會把自己想的荒誕故事，或者新背的唐詩錄製成帶，寄去遠方的國度，然後接下來的每天期待著收到母親回信。

只是不久之後奇變頓生，母親走到彩虹彼岸，我再也沒機會收到她的錄音帶。之後的日子，我晚上若睡不著的話，就會重複播放母親的錄音帶，重複聽著那些已能倒背如流的故事入眠。到了小學，跟同學說故事已成為了我的習慣，也從那時候開始，我不再需要聽錄音帶才能入眠，因為我每天晚上都會用自己腦海中幻想的故事讓自己入睡，有時候更會在夢中把剩餘的故事補上。

國中時，也是我完全沉溺在金庸小說裡的時候，我堂哥手拿著幾本記事本，在我面前揚了揚，說：「這是我寫的哦！要不要看看？」

翻開一看，端莊的字體下是一個港漫式的武俠小說，堂哥的文筆很好，故事節奏嚴謹而流暢，我看得入迷，一下子把他五本手寫小說全看完，但……

「欸？沒完的!?」

「沒寫完自然就沒完啊。」

「哥哥，你這裡可以這樣寫哦，然後你接下來可以這樣、可以這樣、還可以這樣。」

「……你的點子我不會用啦。」

「為什麼啊？？」

「因為你的點子可以自己寫啊！」

「自己寫？」

「對啊，自己寫，很帥呢！」

「對哦！很帥！」

就這樣，我打開本子開始了我的創作路。受到堂哥與金庸的影響，我創作的故事十之七八都是武俠小說，從開始的閉門造車用筆記本寫作，到後來開始在網路論壇連載小說；從國中、到高中、到大學、到投身社會工作，我從來沒有放棄過。

想也沒有想過放棄。

有時候我都在問自己為何如此固執，雖然並非沒有讀者，但畢竟我寫的武俠題材在香港算是小眾，要成為實體書作者難之又難，為何要如此堅持呢？

我還沒得到答案的時候，就加入了萌動創作團。由於創作團需要筆名出版小說合集，我不能再用那一串英文加數字的論壇ID作為筆名，我當時苦思良久，也想不到一個適合的筆名時，腦海裡忽然閃出當年娘親錄音帶裡的聲音：

「東南，今天我要跟你說一個故事。」

驀然驚覺，原來這份固執，這份天賦，這份興趣是您賦予我的啊。

那就讓我用這個名字，成為一個能讓您感到驕傲的作者吧。

堅持許久，榮幸地在2020年《任俠行》得到秀威出版社的青睞，終於讓我完成了夢想——以武俠小說出道，成為一個作者。

時到今日，我終於可以挺起胸膛對母親說：「欸娘親，東南還是挺棒的，沒有丟您的臉吧是不是，您現在可以放心了吧。」

最後來到這裡，除了要感謝我的娘親以外，第二個要感謝的就是把我帶進寫作世界的堂哥，沒有你的引路，也沒有今天的我，謝謝你。

然後要謝謝瀰霜、星塵，感激你們對本作提出過的意見，才會有如今的修訂版本。

謝謝責任編輯彥儒，謝謝麥麥，謝謝太歲軍團的三人，謝謝每一個家人，當然還有謝謝翻閱這本書的您。

我的武俠創作必定不會止步於此，我仍會繼續努力，希望能在下一本書見到您。

再會！

要冒險07　PG2495

要有光
FIAT LUX

任俠行

作　　者	東　南
責任編輯	陳彥儒
圖文排版	蔡忠翰
封面設計	劉肇昇

出版策劃	要有光
發 行 人	宋政坤
法律顧問	毛國樑　律師
印製發行	秀威資訊科技股份有限公司 114台北市內湖區瑞光路76巷65號1樓 電話：+886-2-2796-3638　傳真：+886-2-2796-1377 http://www.showwe.com.tw
劃撥帳號	19563868　戶名：秀威資訊科技股份有限公司 讀者服務信箱：service@showwe.com.tw
展售門市	國家書店（松江門市） 104台北市中山區松江路209號1樓 電話：+886-2-2518-0207　傳真：+886-2-2518-0778
網路訂購	秀威網路書店：https://store.showwe.tw 國家網路書店：https://www.govbooks.com.tw
總 經 銷	聯合發行股份有限公司 231新北市新店區寶橋路235巷6弄6號4F 電話：+886-2-2917-8022　傳真：+886-2-2915-6275

出版日期	2021年4月　BOD一版
定　　價	250元

國家圖書館出版品預行編目

任俠行/東南著. -- 一版. -- 臺北市 : 要有光,
2021.04
面； 公分. -- (要冒險 ; 7)
BOD版
ISBN 978-986-6992-66-7(平裝)

857.7 110002806

讀者回函卡

感謝您購買本書，為提升服務品質，請填妥以下資料，將讀者回函卡直接寄回或傳真本公司，收到您的寶貴意見後，我們會收藏記錄及檢討，謝謝！
如您需要了解本公司最新出版書目、購書優惠或企劃活動，歡迎您上網查詢或下載相關資料：http:// www.showwe.com.tw

您購買的書名：____________________________________

出生日期：________年________月________日

學歷：□高中(含)以下　□大專　□研究所(含)以上

職業：□製造業　□金融業　□資訊業　□軍警　□傳播業　□自由業
□服務業　□公務員　□教職　□學生　□家管　□其它_____

購書地點：□網路書店　□實體書店　□書展　□郵購　□贈閱　□其他

您從何得知本書的消息？
□網路書店　□實體書店　□網路搜尋　□電子報　□書訊　□雜誌
□傳播媒體　□親友推薦　□網站推薦　□部落格　□其他__________

您對本書的評價：(請填代號　1.非常滿意　2.滿意　3.尚可　4.再改進)
封面設計____　版面編排____　內容____　文／譯筆____　價格____

讀完書後您覺得：
□很有收穫　□有收穫　□收穫不多　□沒收穫

對我們的建議：____________________________________

____

____

____

請貼
郵票

11466
台北市內湖區瑞光路 76 巷 65 號 1 樓
秀威資訊科技股份有限公司 收
BOD 數位出版事業部

....

（請沿線對折寄回，謝謝！）

姓　　名：＿＿＿＿＿＿＿＿＿＿　年齡：＿＿＿＿　性別：□女　□男

郵遞區號：□□□□□

地　　址：＿＿＿＿＿＿＿＿＿＿＿＿＿＿＿＿＿＿＿＿＿＿

聯絡電話：(日) ＿＿＿＿＿＿＿＿＿＿ (夜) ＿＿＿＿＿＿＿＿＿＿

E-mail：＿＿＿＿＿＿＿＿＿＿＿＿＿＿＿＿＿＿＿＿＿＿